W0277419

Mission Hollercamp
Der rätselhafte Schatz

In der Reihe bisher erschienen:

Mission Hollercamp. Der unheimliche Fremde (Bd. 1)

Mission Hollercamp. Das verlassene Boot (Bd. 2)

Mission Hollercamp. Der rätselhafte Schatz (Bd. 3)

Für Oscar, der die besten Einfälle hat!

Lena Hach

MISSION HOLLERCAMP

Der rätselhafte Schatz

MIXTVISION
Weiter. Erzählen.

1. Kapitel

Im Sommer campen kann jeder. Da muss ja nicht mal das Zelt dicht sein. Echte Camper sind aber auch auf dem Platz, wenn es langsam ungemütlich wird. Wenn es zwischendurch schüttet wie aus Eimern, ein heftiger Sturm am Vordach rüttelt und die Nächte immer kälter werden.

Zugegeben, ich schlafe nicht im Zelt – sondern mit meinen Eltern in unserem alten Wohnmobil. Ein echter Camper bin ich trotzdem, genau wie meine besten Freunde Emily und Jakub.

Kann ich bezeugen!

Leider wohnen wir so weit voneinander entfernt, dass wir uns nur in den Ferien sehen. Glücklicherweise haben die gestern begonnen. Und nach einer ewig langen Fahrt heißt es jetzt endlich: Hallo, Hollercamp!

Als meine Mutter den Camper durch das Tor steuert, bin ich längst abgeschnallt. Aufgeregt hüpfe ich auf meinem Sitz herum. Meine Schwester Mia verdreht genervt die Augen.

Wir halten direkt neben Bertas Büro. Bevor man auch nur daran *denkt*, auf einen Stellplatz zu tuckern, muss man sich anmelden – es sei denn, man ist scharf auf einen Anpfiff von der Campingplatz-Chefin höchstpersönlich. Mein Vater springt aus dem Camper, um den Anmeldekram zu erledigen. Es dauert lange, bis er zurück ist. Viel länger als sonst.

Als er irgendwann wieder in die Fahrerkabine klettert, rutscht meine Mutter auf den Beifahrersitz.

„Die letzten Meter darfst du fahren“, sagt sie großzügig.

Mein Vater nickt nur. Dann schaut er in den Rückspiegel und als sich unsere Blicke treffen, seufzt er.

„Leon, du musst jetzt stark sein.“

„Hä?“, mache ich.

Mein Vater seufzt noch einmal. Wortlos hält er den Lageplan in die Luft. Obwohl wir Stammgäste sind, bekommen wir jedes Mal wieder dieses Papier, auf dem Berta fein säuberlich unseren Stellplatz markiert. Doch heute ist irgendwas an dem Plan falsch. Das sehe ich sofort.

„Moment“, sage ich. „Wir haben nicht die 282?“

Oh, oh!

„Wir haben nicht die 282“, wiederholt mein Vater. Dabei klingt er schrecklich müde.

Mia reißt sich die Kopfhörer von den Ohren.

„Was gibt's?“, ruft sie nach vorne.

„Wir haben Leons Lieblingsplatz nicht bekommen“, erklärt meine Mutter.

„Uh“, macht Mia ungerührt und setzt sich schnell die Kopfhörer wieder auf. „Dann wird hier wohl gleich einer anfangen zu heulen.“

Natürlich fange ich nicht an zu heulen. Auch wenn ich das vor ein paar Jahren vielleicht noch getan hätte. Meinetwegen auch noch im letzten Jahr. Denn es stimmt schon: Ich habe die Dinge gern so, wie sie immer sind. Veränderungen sind einfach nicht meins. Davon mal abgesehen, ist Stellplatz 282 einfach der beste. Ganz objektiv. Aber wie gesagt, ich heule nicht. Ich mache etwas Besseres: meinen Eltern Vorwürfe.

Subjektiv! Das ist das Wort, das du meinst.

„Warum habt ihr denn nicht reserviert?“, motze ich.

„Haben wir in den Herbstferien noch nie", verteidigt sich meine Mutter. „Da war immer so viel frei …"

Frei. Das ist das Stichwort.

Meine Mutter bricht ab und schaut aus der riesigen Windschutzscheibe. Als ich ihrem Blick folge, bleibt mir der Mund offen stehen. Auf dem Campingplatz herrscht ein einziges Gewimmel und Gewusel. Vor dem Lädchen hat sich eine Wahnsinnsschlange gebildet. Und auch der Spielplatz ist total überfüllt. Dabei ist die Saison doch längst vorbei. Man kann es nicht anders sagen: Auf unserem Campingplatz ist die Hölle los – wie im Hochsommer! Aber … warum?

2. Kapitel

Im Schneckentempo tuckern wir über das Gelände zu dem Stellplatz, den Berta uns zugewiesen hat. Es geht nur langsam voran, weil der Kiesweg voller Menschen ist. Auch die Zelte stehen dichter als sonst – oder kommt mir das nur so vor?

„Leute, was ist denn das da?", ruft Mia. „Hat hier eine Maulwurf-Invasion stattgefunden?"

Maulwurf-Invasion? Ich verstehe nicht gleich, worauf Mia hinauswill. Erst, als sie auf die Liegewiese deutet, sehe ich, was sie meint. Erdhügel. Viele braune Erdhügel. Die gesamte Wiese ist damit übersät. Von Maulwürfen stammen diese Hügel allerdings nicht. Denn auf der Liegewiese wird gebuddelt!

Und wie! Nicht mit Babyspielzeug für den Sandkasten. Nein, mit richtigen GERÄTSCHAFTEN. Da rammt ein Mann gerade einen beeindruckenden Spaten in die Erde. Dort sind zwei Frauen mit Spitzhacke zugange. Was hat das zu bedeuten?

Das scheinen sich auch meine Eltern zu fragen. Mein Vater ist so abgelenkt, dass er beinahe einen rundlichen Mann mit Schippe über den Haufen fährt.

„Tschuldigung!“, ruft mein Vater aus dem Seitenfenster.

Er ist ziemlich zerknirscht – denn das war echt knapp. Doch der Mann, der fast auf unserer Windschutzscheibe geklebt hätte, lächelt.

„Nix passiert!“

Er trägt eine Fleeceweste und darunter ein blassrosa T-Shirt, auf dem STELLPLATZ-KÖNIG steht. Solche Sprüche tragen meistens Dauercamper auf ihren Klamotten. Aber eines weiß ich sicher: Diesen Typen mit seinem Stoppelbart und der kleinen silbernen Brille habe ich hier noch nie gesehen. Er kommt näher, um sich vorzustellen.

„Ich bin der Frieder“, sagt er fröhlich zwinkernd. „Helfe meinem Kumpel hier, seinen Wohnwagen zu renovieren.“

„Lass mich raten!“, ruft mein Vater. „Dein Kumpel ist Knorke?“ Darauf hätte ich jetzt auch getippt. Knorkes Wohnwagen ist so was wie eine Dauerbaustelle und das nicht erst seit dem großen Unwetter diesen Sommer.

„Mein Kumpel heißt Knorke und der ist knorke“, erwidert Frieder lachend. Mein Vater lacht auch. Dann geht er dazu über, unsere gesamte Familie vorzustellen. Mein Vater liebt neue Bekanntschaften. Ich hingegen hätte große Lust, mich so langsam mal um meine alten Bekanntschaften zu kümmern.

Nachdem mein Vater und Frieder sich zum Abendbierchen verabredet haben, setzen wir uns endlich wieder in Bewegung. Weiter geht es durch die merkwürdig umgepflügte Hügellandschaft. Bis zum Stellplatz mit der unglückseligen Nummer 527. Und dann auch noch ohne Seeblick. Ich muss sagen: Unsere Ferien haben schon deutlich besser angefangen.

Eine ungerade Zahl? Wie konnte Berta nur?

3. Kapitel

Meine schlechte Laune verfliegt sofort, als ich Emily und Jakub entdecke. Wie nicht anders zu erwarten, sitzen sie unten am See. Ihre Beine baumeln im Wasser, zwischen ihnen steht eine Tüte Chips. Wenigstens hier ist alles wie immer. Mir fällt wieder auf, wie sehr ich den Campingplatz gerade im Herbst mag. Das Licht ist so besonders und lässt die Blätter an den Bäumen beinahe golden funkeln. Wenn ich ein Handy hätte, würde ich ein Foto machen. Von Emily, die eine ihrer geliebten Latzhosen trägt, und von Jakub, der kurz vor der Abreise offenbar wieder unter den Haarschneider seiner Mutter geraten ist.

Ich stehe nicht weit entfernt am Hang und will ihnen am liebsten zurufen, dass ich endlich da bin. Aber das kommt mir dann doch etwas zu dramatisch vor. Also begnüge ich mich damit, so schnell wie möglich durch das raschelnde Laub zu ihnen zu laufen. Blöderweise komme ich dabei ins

Rutschen, ich stolpere, fliege über einen Stein und lande – Bämmm! – auf der Nase.

„Verdammter Mist!“

Wenn DAS kein dramatischer Auftritt war, weiß ich auch nicht.

Ich habe den leisen Verdacht, dass der falsche Stellplatz mit der ungeraden Zahl an meinem Sturz nicht ganz unschuldig ist. Bestimmte Dinge bringen einfach Unglück.

In deiner Welt.

Immer noch fluchend rapple ich mich wieder auf. Das bekommt auch Emily mit. Einigermaßen verdutzt dreht sie sich um. Und als Emily sich umdreht, blickt auch Jakub über seine Schulter. Sobald er mich sieht, beginnt er zu strahlen. Jakub ist schwerhörig, weshalb er mein Gefluche wahrscheinlich nicht mitgekriegt hat. Da hat er ehrlich gesagt auch nicht viel verpasst. Denn eine freundliche Begrüßung sieht anders aus.

„Hallo, Leon, altes Haus!“, ruft Jakub.

Zum Beispiel so.

„Hallo!“, rufen jetzt auch Emily und ich.

Dann grinsen wir wie blöd, vor lauter Wiedersehensfreude, und umarmen uns. Jakub kann das richtig gut. Leute fest drücken, meine ich. Ich weiß dann nie, wohin mit meinen Armen. Als hätte ich ein paar zu viel.

„Geht's?", fragt Emily mit Blick auf meine Knie.

Und gegrillte Marshmallows.

Ich nicke. Schwürfwunden gehören zum Campen dazu. Genauso wie Mückenstiche.

„Ich hätte ja eher erwartet, in eines der riesigen Buddellöcher da oben zu fallen", sage ich und deute Richtung Liegewiese. „Was ist da eigentlich los? Hat Berta Dinosaurierknochen gefunden oder was?"

Es soll ein lustiger Spruch sein. Doch Emily und Jakub lachen nicht. Sie wechseln bloß einen merkwürdigen Blick. In dem Moment werden mir zwei Dinge klar: Erstens, meine Freunde wissen mehr als ich. Zweitens, die Angelegenheit ist ernst. Ernster, als ich dachte.

4. Kapitel

Ehrensache, dass Emily und Jakub mich einweihen. Wie man das unter Freunden eben so macht. Was sie erzählen, ist allerdings mehr als unglaublich ...

Das Hollercamp gehört Berta in der dritten Generation. Sie ist hier quasi aufgewachsen. Und obwohl sie einiges anders macht als ihre Mutter und deren Mutter, pflegt Berta doch gewisse Traditionen. Eine dieser Traditionen ist das Pfingstfeuer, das in diesem Jahr wegen den fiesen Vier leider ausgefallen ist. Die haben das mit literweise Wasser sabotiert! Eine andere Gewohnheit von Berta ist das Erzählen von bestimmten Geschichten. Zum Beispiel über den Riesenwels, der angeblich im See lebt und vor dem ich früher eine Wahnsinnsangst hatte. Und dann ist da noch die Sache mit dem Schatz. Nur früher?

Emily, Jakub und ich kennen die Geschichte auswendig. So oft hat Berta sie schon erzählt, wenn alle am Lagerfeuer zusammensaßen. Weil wir Stammgäste die Geschichte immer wieder einfordern. Sie ist aber auch wirklich gut. Die Kurzfassung geht ungefähr so:

Bertas Ur-Ur-Ur-Ur-Ur-Ur-Ur-Großmutter Dora war eine Piratin. Sie hat das allerdings nicht nur gespielt, so wie wir früher am Ufer des Hollersees. Nein, Dora ist unerschrocken – und garantiert auch ohne Sonnencreme – echt über die Weltenmeere gesegelt. Dabei ist sie regelmäßig gekentert. Einmal ist sie auf einer einsamen Insel gestrandet. Nachdem ihr erst eine Kokosnuss auf den Kopf gefallen und sie dann in einen Seeigel getreten ist, hat sie auf der Suche nach einer Wasserquelle schließlich einen Schatz gefunden. Eine alte Kiste, vollgepackt mit Goldmünzen, Juwelen und Diamanten. Ein Diadem war auch dabei. Das hat sie sich angeblich direkt aufgesetzt. Wie auch immer, irgendwie hat es Dora von dieser Insel auch wieder runtergeschafft. Samt Schatz. Wie ihr das gelungen ist, variiert in Bertas Erzählungen. Mal hat sie sich einen Heißluftballon gehäkelt. Mal wurde sie von einem Wal gerettet. Fest steht, dass sie irgendwann wieder auf dem Festland angekommen ist. Seitdem ist

der Schatz von Generation zu Generation weitergegeben worden. Bis Bertas Oma schließlich ein paar Goldmünzen eingetauscht hat – gegen den Campingplatz. Beziehungsweise gegen eine freie Fläche am See. Und – jetzt kommt der wichtigste Teil der Geschichte – hier, irgendwo auf der von Kiefern gesäumten Liegewiese hat Bertas Oma den Rest des Schatzes vergraben.

Die Geschichte ist ohne Zweifel grandios. Sie ist genauso grandios wie erstunken und erlogen. Doch Letzteres scheint all die Leute, die plötzlich auf dem Campingplatz aufgetaucht sind, nicht zu stören. Denn laut Emily und Jakub sind sie hier, um den Schatz zu finden. Den Schatz, den es gar nicht gibt.

5. Kapitel

„Das glaubt ihr ja wohl selbst nicht!"

Ehrlich gesagt, bin ich ein bisschen beleidigt, dass Emily und Jakub mich für so blöd halten.

„Ich wollte es zuerst auch nicht glauben", meint Emily.

Jakub nickt. „Am besten, du überzeugst dich selbst."

Und genau das habe ich vor!

Ohne ein weiteres Wort stapfe ich den Hang hoch. Den Blick fest auf den Boden vor mir gerichtet, damit ich mich nicht noch mal auf die Fresse lege. Aus dem Augenwinkel sehe ich, wie Emily und Jakub mir folgen.

„Sag mal, wir haben doch keinen Streit, oder?", fragt Jakub, als wir an der Liegewiese ankommen.

Noch nicht, denke ich. Aber das könnte sich gleich ändern. Es ist einfach blöd, dass ich mit meiner Lahmarsch-Familie immer als Letzter auf dem Platz ankommen muss. Dann habe ich schon so viel verpasst.

„Hey, das ist mein Bereich!"

Als ich aufsehe, blicke ich in die blitzenden Augen einer großen blonden Frau in zerrissenen Jeans. Sie hält einen gigantischen Spaten in der Hand. Doch noch beeindruckender als der Spaten sind ihre Muckis.

„Das ist mein Bereich!", zischt sie noch einmal und zieht mit dem Spaten einen großzügigen Halbkreis um sich herum.

„Ich, äh, ich w-wollte nur mal gucken, was ihr hier macht", stammle ich.

„Was wir hier machen?" Die Frau stellt einen Fuß auf den Spaten und sieht mich beinahe spöttisch an. „Gegenfrage: Was machst du hier?"

Ich zucke mit den Schultern. „Herbstferien."

Die Frau lacht auf. „Hey, Amadou", ruft sie. „Hast du das gehört? Das Kerlchen ist tatsächlich zum Campen hier!"

Ein Typ mit kurzem Afro und knallgelben Shorts sieht kurz auf.

„Beneidenswert“, murmelt er und konzentriert sich schon wieder auf den Lageplan in seinen Händen.

„Nichts für ungut“, sagt die Frau, die auf einmal weniger Furcht einflößend wirkt. „Ich dachte, ihr wärt Konkurrenz.“

„Sind wir nicht“, stellt Emily noch einmal klar. „Und es wäre toll, wenn Sie meinem Freund Leon verraten könnten, was Sie hier tun. Was hier *jeder* tut.“ Emily macht eine ausladende Bewegung mit den Armen. „Er glaubt uns nämlich nicht. Ich verspreche auch hoch und heilig, dass wir nicht anfangen zu buddeln.“

„Wir haben nämlich Besseres zu tun“, fügt Jakub leise hinzu. Doch den Kommentar überhört die Frau. Sie legt den Kopf schief und denkt eine Weile nach.

„Okay“, sagt sie schließlich mit gesenkter Stimme. „Wir –“

„Ja?“

Amadou nickt ihr bestärkend zu.

Da räuspert sich die Frau und kommt noch einen Schritt näher. „Wir ... wir suchen einen Schatz.“

Ich fasse es nicht. Hat sie das wirklich gerade gesagt?

„Aber: Es gibt hier keinen Schatz!“, rufe ich laut.

„Pscht“, machen die Frau und Amadou gleichzeitig. Und alle anderen Leute, die in dem Moment die Liegewiese umpflügen. Zumindest kommt es mir so vor. Ich schwöre: So viele böse Blicke auf einmal habe ich noch nie abgekriegt.

6. Kapitel

„Im Ernst“, sage ich noch einmal leiser. „Das mit dem Schatz hat sich Berta doch nur ausgedacht.“

Ich finde, die beiden sollten ihre Zeit nicht mit sinnlosem Rumstochern verschwenden. Auch, wenn sie mich gerade so angemotzt haben.

„Wer ist Berta?“, fragt Amadou, der sich nun doch für uns zu interessieren scheint. Den Lageplan hat er jedenfalls weggesteckt.

„Berta ist hier die Chefin“, erklärt Jakub.

„Ah, Janne, dann ist das bestimmt die Kleine aus dem Film“, meint Amadou.

Jakub, Emily und ich wechseln einen Blick. Als „die Kleine“ würden wir Berta nun nicht gerade bezeichnen. Auch wenn sie nicht viel größer ist als ich. Und ich bin eindeutig klein für mein Alter. Trotzdem. Ich würde Berta eher „die Laute“ nennen. Aber es gibt etwas, das mich noch mehr irritiert. Die Sache mit dem Film. Ist Berta jetzt Schauspielerin geworden? Bevor ich danach fragen kann, hat Janne schon ihr Handy gezückt.

„Meint ihr die hier?“

Sie tippt auf dem Display herum und klickt sich im Netz auf eine ominöse Seite für Hobby-Schatzsucher. Dort wählt sie ein bestimmtes Video aus und zeigt es uns.

Ja, die meinen wir. Auch wenn ihr Kopf in dem Ausschnitt nicht zu sehen ist, gibt es keinen Zweifel: Gummilatschen, Cargohose, stachlige Rose auf der Schulter. Das ist Berta, die da am Lagerfeuer sitzt. Die Flammen werfen Schatten auf ihre nackten Beine. Berta fuchtelt mit einem Stockbrot in der Luft herum und tut, was sie am besten kann. Sie erzählt. Sie erzählt die Legende von dem Schatz. Und obwohl ich die Geschichte natürlich oft gehört habe, bin ich einen Moment lang gefesselt. Doch etwas stimmt nicht. Etwas fehlt. Ja, all die Stellen, an denen wir Stammgäste normalerweise losprusten, weil sie so überdreht sind, sind einfach rausgeschnitten.

Langsam wird mir klar: Wer immer das Video aufgenommen und ins Netz gestellt hat, hat es absichtlich so bearbeitet, dass die ganze Geschichte verdammt glaubhaft wirkt. Die musikalische Untermalung trägt außerdem einiges dazu bei. Am Schluss ist dann doch noch Bertas Gesicht zu sehen. Und da spricht sie die entscheidenden Worte: „Es ist genug für alle da."

Jede Wette: Das ist der Satz, den all die Buddler hier als Einladung zur Schatzsuche verstanden haben. Und prompt sind sie aus allen Ecken Deutschlands angereist. Dass Berta eigentlich das Stockbrot gemeint hat, weiß ja keiner. Und vor allem will das auch keiner wissen. Das kapieren wir, als wir versuchen, Janne und Amadou aufzuklären. Die Wahrheit interessiert sie nicht. Weil sie ihnen nicht gefällt. Stattdessen graben sie weiter. Wie alle anderen.

7. Kapitel

Am Abend grillt Jakubs Vater Pawel für uns alle. Da er gerade seine Verwandten in Polen besucht hat, gibt es auch Oscypek. Das ist salziger Schafskäse, zu dem man süße Preiselbeermarmelade serviert. Oberlecker!

Da haut sogar Emilys Oma Mabel rein, obwohl die sonst nicht viel vom Grillen hält. Wahrscheinlich ist es ihr nicht vornehm genug. Sie ist eben eine echte englische Lady. Während sie sich noch eine Käsescheibe angelt, erzählt Mabel von der Opernpremiere, zu der sie am Samstag eingeladen ist.

Isn't she?

„Endlich wieder ein Anlass, um den Goldschmuck meiner Mutter herauszuholen!", schwärmt sie. „Und meinen kleinen Hut! Ich sage euch: Ich werde die eleganteste Granny sein, die die Oper je gesehen hat."

„Eleganter als die Queen?", fragt Emily.

„Excuse me?", ruft Mabel empört. „Die ist längst Uroma! Dagegen bin ich ein junger Hüpfer!"

Es dauert nicht lange, da lockt der Grillduft auch Berta an.

Mit einem ihrer vielen Kätzchen auf dem Arm lässt sie sich seufzend auf einen Campingstuhl fallen.

„Bist du etwa auch unter die Schatzsucher gegangen?", fragt mein Vater mit Blick auf Bertas matschige Gummistiefel. Es soll ein Witz sein. Doch Berta runzelt die Stirn. Dann verrät sie uns, dass sie keine Löcher buddelt, sondern zuschüttet. Jeden Abend aufs Neue.

„Im Ernst?", fragt meine Mutter. „Das ist doch eine Riesenschufterei!"

Berta zuckt mit den Schultern.

„Was soll ich machen? Wenn sich da nachts jemand auf dem Weg zum Klo wegen so einem blöden Loch ein Bein bricht, zahlt mir das doch keine Versicherung!" Berta schüttelt den Kopf. „Da lobe ich mir meine fleißigen Helfer. Knorke und sein Freund Frieder, die schaufeln jetzt noch! Ohne die beiden wäre ich aufgeschmissen."

Pawel reicht Berta einen Gemüsespieß.

„Sieh doch das Positive", rät er. „Ein Platz, der sogar in der Nebensaison komplett ausgebucht ist, bedeutet mehr Einnahmen."

Pawel hat gut reden! Er kriegt von den Buddlern ja kaum was mit, weil er die ganze Zeit nur im Wald ist – stets auf der Suche nach leckeren Pilzen.

die er uns dann serviert

„Auf diese Einnahmen würde ich gern verzichten“, sagt Berta und schüttelt den Kopf. „Ich hab damit doch nichts als Ärger.“

„Warum schickst du die Leute dann nicht einfach weg?“, hakt Pawel nach.

Berta lacht. Aber es ist kein fröhliches Lachen. Eher ein verzweifeltes.

„Wenn es so einfach wäre! Dann hagelt es doch sofort schlechte Kritiken im Internet. Da kann ich meinen Platz gleich dichtmachen.“

Ich verschlucke mich fast an meinem Käse. Das war doch hoffentlich nur eine Übertreibung. Berta darf das Hollercamp nicht schließen. Auf keinen Fall! Zumindest nicht wegen so ein paar übereifrigen Schatzsuchern.

„Na, davon sind wir sicher noch weit entfernt“, sagt mein Vater beruhigend.

„Früher oder später werden die schon aufgeben“, meint auch meine Mutter.

Berta beißt in ihr Gemüse. „Ich hoffe es“, sagt sie schmatzend. „Ich hoffe es wirklich.“

Ehrlich gesagt, mache ich mir Sorgen. Denn so kenne ich Berta nicht. Ich kenne sie leidenschaftlich, erbost, wütend, Furcht einflößend - aber nicht schlapp und abgekämpft.

Noch etwas anderes beschäftigt mich. Seit wir am Grill sitzen, habe ich das unangenehme Gefühl, beobachtet zu werden. Emily und Jakub scheinen bisher nichts Auffälliges bemerkt zu haben. Emily ist voll und ganz mit Futtern beschäftigt. Und Jakub packt eines seiner geliebten Brettspiele aus, mit denen er uns gleich noch quälen will. Also alles wie immer. Ich bin der Einzige, der hin und wieder über seine Schulter blickt. Aber ich sehe - nichts. Und bald habe ich die ganze Sache auch wieder vergessen.

Bis ... ja, bis mitten in der Nacht der Himmel einstürzt. Aber der Reihe nach.

8. Kapitel

Zur Feier des Ferienbeginns wollen wir die erste Nacht zusammen in Jakubs neuem Zelt verbringen. Er hat zum Geburtstag sein erstes eigenes bekommen. Ich sage mit Absicht „verbringen“, weil an Schlaf nicht zu denken ist, wenn sich drei Leute in ein Zelt quetschen, das für eine Person gedacht ist. Aber Emily, Jakub und ich machen eben alles zu dritt. In guten wie in schlechten Zeiten.

fast

Emily ist besonders unruhig, ständig dreht sie sich von einer Seite zur anderen und dann, gegen zwölf Uhr, packt sie doch tatsächlich noch einen Schokoriegel aus.

Noch nie was von einem Mitternachtssnack gehört?

Kaum hat das Schmatzen links von mir ein Ende, beginnt rechts das Schnarchen. Ich fasse es nicht: Jakub ist tatsächlich eingeschlafen. Aber ich kann das nicht. Nicht bei dem Krach. Ich bin kurz davor, meine Sachen zu packen und zurück in den Camper zu ziehen, als es passiert: Das Zelt bricht in sich zusammen.

„Hey!"

„Was soll das?"

„Papa?"

Der Papa-Ruf kommt von Jakub, der noch halb in seinen Träumen steckt.

„Nix Papa", sagt Emily. „Los, raus hier."

Die Zeltplane hat sich wie eine Decke auf uns gelegt. Jakub schnappt sich seine Hörgeräte, Emily ihre Taschenlampe und dann suchen wir den Weg nach draußen. Dabei rudern wir mit den Armen und strampeln mit den Beinen.

„Aua!"

Jakub hat mir versehentlich einen Kinnhaken verpasst. Der Typ gäbe echt einen prima Boxer ab. Irgendwie schaffen wir es ins Freie. Ich will gerade tief einatmen – frische Luft ist etwas Wunderbares – da geht das Geknalle los.

Viele kleine Explosionen, direkt unter unseren Füßen.

„Was zur Hölle?"

Pawel streckt seinen Kopf aus dem Zelt nebenan.

„Leute, was macht ihr denn da?", zischt er. „Das geht so nicht! Ihr stört die anderen!"

Wir machen gar nichts, will ich uns am liebsten verteidigen. Schließlich sind wir total unschuldig. Aber ich bringe kein Wort heraus. Ich bin noch viel zu durcheinander. Emily beginnt, mit ihrer Taschenlampe den Boden abzuleuchten. Jakub tut das Gleiche mit seinem Handylicht.

Da sehen wir es: Knallerbsen. Kunterbunte Knallerbsen, direkt vor unserem Zelteingang – und zwar haufenweise.

„Hier hat sich jemand aber richtig Mühe gegeben", stellt Jakub fest. Er klingt fast ein bisschen beeindruckt. Ich blicke über meine Schulter in Richtung Wald. Wieder ist da dieses merkwürdige Gefühl, beobachtet zu werden. Und war da eben nicht ein Lachen zu hören?

Pawel läuft aufgeregt um Jakubs Zelt herum.

„Die Zeltschnüre sind gerissen", stellt er fest. „Einfach gerissen. Und das beim ersten Einsatz!"

Wenn eines klar ist, dann ja wohl das: Diese Schnüre sind nicht gerissen. Die wurden kaltblütig durchgeschnitten. Und wir alle wissen, wer hinter der Aktion steckt. Die Kinder aus dem Dorf. Auch genannt: die fiesen Vier.

Nur Pawel weiß das natürlich nicht. Als er Jakubs trauriges Gesicht sieht, versetzt er ihm einen aufmunternden Stoß.

„Hey, mach dir nichts draus. Das Zelt hat bestimmt Garantie! Ich kläre das gleich morgen."

Jakub nickt nur. Da halte ich auch die Klappe. Wenn Jakub nicht will, dass sein Vater von den fiesen Vier erfährt, die uns seit den Pfingstferien drangsalieren, werde ich es auch nicht ausplaudern. Emily genauso wenig. Sie hat begonnen, die Schnüre wieder zusammenzuknoten.

„Okay, Leute", sagt Pawel und klatscht in die Hände. „Ich erkläre die Übernachtungsparty hiermit für beendet. Emily, kommst du bei deiner Oma unter? Leon, du gehst in den Camper? Und meinem Sohnemann gebe ich Unterschlupf. Du hast mir sowieso ein bisschen gefehlt."

Er versucht, Jakub durchs Haar zu strubbeln. Aber der weicht aus. Mürrisch schleppt er seinen Schlafsack ins Zelt nebenan. Als Emily und ich uns auf den Weg zu unseren eigentlichen Schlafplätzen machen, staune ich über die vielen Sterne am Himmel. Das Gefunkel ist wunderschön. Aber leider kann ich mich nicht richtig darüber freuen: Denn die fiesen Vier machen mir Sorgen.

9. Kapitel

Zehn Stunden später hält Jakub triumphierend eine schwarz glänzende Feder in die Luft.

„Hab ich mir doch gedacht!"

Er hat die Feder unter einem der Heringe hervorgezogen, mit denen sein Zelt befestigt ist.

Du meinst wohl: befestigt war.

„Und hier ist noch eine! Und hier!"

Emily läuft aufgeregt um das Zelt herum und sammelt eine Feder nach der anderen ein. Ich bin dafür noch viel zu müde, obwohl wir länger

als sonst geschlafen haben. Außerdem war das mit den Federn ja zu erwarten: Die fiesen Vier sind auf ihre bescheuerten Taten so stolz, dass sie immer ihr Erkennungszeichen hinterlassen müssen. Die können gar nicht anders. Dabei ist ohnehin klar, dass diese Aktion auf ihr Konto geht. Wer sonst hat ernsthaftes Interesse daran, uns die Ferien zu vermiesen?

„Hätten Alex, Johanna und ihre zwei Minions nicht einfach die Heringe rausziehen können?“, frage ich.

„Hätten sie“, gibt Emily mir recht. „Aber das hätte ihnen garantiert nicht halb so viel Spaß gemacht.“

„Eines ist mal klar“, stellt Jakub mit Blick auf das schlaffe Zelt fest. „Das schreit nach Rache!“

Ich frage mich, wo das noch hinführen soll. An Pfingsten haben die Kinder aus dem Dorf unser Schlauchboot zum Absaufen gebracht. Dafür haben wir uns in den Sommerferien mit einer legendären Stinkbombenattacke gerächt. Die wiederum war mit Sicherheit der Grund für den nächtlichen Zeltangriff.

„Geht das jetzt immer so weiter?“, will ich gerade fragen, als ich abgelenkt werde. Ein riesiger silberner Transporter rollt in mein Blickfeld. UND AB! steht in roten Buchstaben seitlich auf dem Wagen, der auf dem Dach eine Satellitenschüssel hat.

„Seltsames Wohnmobil“, murmle ich.

Jakub und Emily folgen meinem Blick.

„Oha“, macht Jakub. Er schnalzt beeindruckt mit der Zunge. „Ein Ü-Wagen.“

„Ein was?“

Und die schmecken auch besser.

Ich kenne bislang nur Ü-Eier. Aber die sehen anders aus. Vor allem kleiner.

„Ein Übertragungswagen", erklärt Jakub. „Vom Fernsehen."

Während der Transporter noch ausrollt, geht die Beifahrertür schon auf. Ein junger Typ im blauen Karohemd springt heraus. Auf seiner Nase sitzt eine eckige Sonnenbrille. Der Typ hat die Hände in die Hüften gestemmt, sein Blick gleitet über den Platz. Als er bei der Liegewiese ankommt, auf der schon wieder eifrig gebuddelt wird, hebt er die Brille kurz an, um darunter hindurch zu sehen. Ein zufriedenes Grinsen erscheint auf seinem Gesicht. Es gibt keinen Zweifel: Dieser Mann hat gefunden, was er sucht. Er zieht sein Handy aus der Hosentasche und beginnt zu telefonieren.

Keine halbe Stunde später ist der Rest des Fernsehteams da. Vier silberne Wagen, die mitten auf dem Hauptweg parken.

Wir beschließen, uns das Ganze aus der Nähe anzusehen. Von den Ladeflächen wird jede Menge Equipment geräumt. Große schwarze Koffer und Taschen, in denen Mikrofone, Scheinwerfer und Kameras stecken. In Windeseile ist alles aufgebaut.

Und dann kommt auch schon Berta angerannt. Auf ihren Auftritt habe ich schon gewartet.

„Was machen Sie hier auf meinem Platz?", ruft sie von Weitem. Ihre Stimme überschlägt sich. „Bei wem haben Sie sich angemeldet?"

Ich hab es ja gesagt: Ohne Anmeldung läuft im Hollercamp gar nichts.

Doch das stört die Fernsehleute nicht im Geringsten.

Der Typ mit dem Karohemd nickt der Kamerafrau zu und deutet auf Berta. Sofort drehen sich alle zu ihr um. Kamera, Licht und irgendjemand hält eine Angel mit einem Mikrofon direkt über ihren Kopf. Ein Mann mit Seitenscheitel macht einen Schritt nach vorn. Er ist ziemlich herausgeputzt mit seinem gezwirbelten schwarzen Schnauzer und dem blassrosa Hemd. Bestimmt ist das der Reporter.

„Unsere Zuschauer und Zuschauerinnen interessieren sich brennend für die Schatzsuche, die hier auf dem Campingplatz stattfindet", sagt er. „Die Frage, die alle umtreibt, ist: Wo genau liegt der Schatz? Können Sie uns exklusiv einen kleinen Tipp geben?"

Bertas Kopf schwillt vor lauter Ärger an. Klar, das Thema Schatz ist ein rotes Tuch für sie.

„Einen Tipp wollen Sie?“, ruft sie. „Wissen Sie, was sie haben können? Einen Arschtritt!“

Der Mann im Sakko lächelt unbeeindruckt. Das bringt Berta aus dem Konzept. Sie ist es nicht gewöhnt, dass es jemanden kaltlässt, wenn sie wütend wird. Immerhin ist sie hier die absolute Oberchefin! Der Mann gibt seinem Team ein kleines Zeichen, woraufhin die Kamera sich auf ihn richtet.

„Die Schatzsuche teilt offenbar die Gemüter am Hollersee“, sagt er gut gelaunt in die Kamera. „Doch eines kann ich Ihnen versprechen: Wir bleiben vor Ort, bis der Schatz gehoben ist!“

Bei diesen Worten zwinkert er Berta zu. Das ist zu viel für sie. Mit ihrem Gesicht passiert etwas Seltsames. Eben noch knallrot, wird es erst pink, dann zartrosa und schließlich schneeweiß. Und dann, ohne jede weitere Ankündigung, kippt Berta um. Plumps, liegt sie im Gras.

10. Kapitel

Zum Glück haben wir unseren eigenen Sanitäter auf dem Platz: Knorke. Er kennt sich nicht nur mit Wiederbelebungsmaßnahmen aus, sondern weiß auch, was bei einer stinknormalen Ohnmacht zu tun ist. Nachdem er Bertas Beine hochgelagert hat, kommt sie auch schon wieder zu sich.

„Du darfst dich nicht so aufregen", tadelt Knorke. „Das machen deine Nerven nicht mit."

Doch das ist leichter gesagt als getan. Als Berta zur Seite blickt und das Fernsehteam sieht, beginnt sie sofort wieder zu zittern.

Während Knorke ihr beruhigend über die Hand streicht, spricht sein Kumpel Frieder mit den TV-Leuten. Was er sagt, kann ich nicht hören, aber es muss ziemlich überzeugend sein: Der Mann im Karohemd nickt. Auf sein Zeichen hin werden sämtliche Geräte wieder eingepackt. Und nachdem alles verstaut ist, setzen sich auch die Fahrzeuge in Bewegung.

„Frieder weiß eben, was er tut!“, ruft Knorke und klopft seinem Freund stolz auf die Schulter. Doch zu früh gefreut! Die Autos bleiben direkt hinter dem Tor stehen.

„Wir warten hier draußen“, ruft der Karierte fröhlich über den Zaun. „Dann sind wir einsatzbereit, wenn der Schatz gehoben wird!“

Berta presst gequält die Lippen aufeinander.

Ich verstehe das nicht. Eigentlich lässt Berta sich nichts gefallen! Warum spricht sie kein Machtwort? Sie könnte den aufdringlichen Fernsehleuten doch einfach Platzverbot erteilen! Damit droht sie sonst immer gern. Vielleicht, denke ich, vielleicht ist ihr die ganze Aufmerksamkeit zumindest ein bisschen recht? Bessere Werbung für ihren Campingplatz kann es wahrscheinlich gar nicht geben.

Am Nachmittag radeln Jakub, Emily und ich zum Barfüßler. Er ist unser Vertrauter in kniffligen Lebenslagen, obwohl wir ihn erst seit den Pfingstferien kennen. Damals haben sich auf dem Campingplatz alle von einem Herumtreiber ohne Schuhe erzählt, der im Wald lebt und sich von Beeren und Pilzen ernährt. Wir haben diesen Herumtreiber schließlich kennengelernt und ihm einen passenderen Spitznamen verpasst.

In Wahrheit wohnt der Barfüßler allerdings nicht im Wald, sondern in einem Hausboot. Und er ernährt sich nicht nur von Beeren und Pilzen, sondern auch von dem Zeug, das er aus fremden Mülltonnen angelt. Ehrlich gesagt, weiß ich nicht, was ich besser finde.

Hey, Containern ist voll gut für die Umwelt!

Beim Hausboot an der alten Anlegestelle angekommen, lassen wir unsere Räder ins Gras fallen. Kaum sind wir an Bord gesprungen, begrüßt uns Wolf, der riesige Hund des Barfüßlers. Auf der Suche nach Leckerlis vergräbt er seine Schnauze tief in einer von Emilys vielen Hosentaschen. Und wird prompt fündig.

„Wenigstens einer ist bei seiner Schatzsuche erfolgreich“, murmelt Jakub und greift nach der Schnur neben der Tür. Die Glocke, die daran hängt, ist die Klingel des Barfüßlers. Er macht noch vor dem ersten Läuten auf.

„Meine Freunde vom Hollercamp!“, ruft der Barfüßler und zwinkert vergnügt. „Live und in Farbe!“

„*Und* hungrig", ergänzt Emily. „Du hast nicht zufällig wieder Schokokuchen ergattert?"

„Leider nicht", sagt der Barfüßler und streicht sich über den Vollbart. „Aber ich hätte Zitronenkekse im Angebot. Übrigens haltbar bis Dezember. Keine Ahnung, wieso die im Müll gelandet sind ... Der moderne Mensch ist und bleibt ein einziges Rätsel." Mit Blick auf Wolf, der das letzte Leckerli links liegenlässt, um nach einer Wespe zu schnappen, fügt er hinzu: „Dieser Hund übrigens auch."

Mit den bis Dezember haltbaren Keksen und einer Packung vorgestern abgelaufenem Apfelsaft machen wir es uns auf dem Sonnendeck gemütlich.

„Und, was gibt's Neues in der Heimat?", fragt der Barfüßler. „Alles schick im Norden, Osten und Westen des Landes?"

Der Barfüßler weiß, wie weit entfernt Emily, Jakub und ich im echten Leben voneinander wohnen. Und wie bedauerlich wir das finden.

„Eigentlich nix", sage ich und die anderen beiden nicken. Also klar, ein neues Schuljahr hat begonnen, wir haben den ein oder anderen neuen Lehrer bekommen und vielleicht sogar einen neuen Radiergummi. Doch all das spielt im Urlaub nicht die geringste Rolle. Genau deshalb ist das Hollercamp ja so genial. Wo wir schon beim eigentlichen Thema wären.

„Hier auf dem Platz ist allerdings ganz schön was los!“, sage ich.

„Ach was! Schon wieder Ärger mit euren Lieblingsfeinden?“

„Das auch“, sage ich mit einem gequälten Lächeln. „Aber ausnahmsweise geht es mal um was anderes.“

Der Barfüßler zieht interessiert die Augenbrauen nach oben.

Wir berichten ihm von der unglaublichsten Schatzsuche der Welt. Außerdem erzählen wir von dem Filmteam und was Berta für ein bisschen Aufmerksamkeit alles mit sich machen lässt. Als wir bei ihrem Nervenzusammenbruch angekommen sind, kann der Barfüßler nur noch mit dem Kopf schütteln.

„Ich mag die kleine fiese Frau bekanntermaßen nicht sonderlich“, sagt er. „Aber das hat sie nun wirklich nicht verdient. Was habt ihr jetzt vor?“

Emily, Jakub und ich sehen uns an. Darüber haben wir uns noch gar keine Gedanken gemacht.

„Mich geht es ja nichts an“, sagt der der Barfüßler betont lässig. „Aber wenn ihr mich fragt, kriegen die das allein nicht hin.“

„Wer, die?“, fragt Emily.

Der Barfüßler zuckt mit den Schultern. „Na, die Erwachsenen!“ Er seufzt. „Wenn ich es richtig verstanden habe, sind die einen fest entschlossen, einen Schatz zu finden. Richtig?“

„Richtig“, sagen wir.

„Und die anderen wollen genau das unbedingt filmen. Auch richtig?“

„Hunderprozent.“

Der Barfüßler nickt. „Na, dann müsst ihr euch eben etwas einfallen lassen.“

Ich habe keine Ahnung, worauf er hinauswill. Aber Jakub beginnt zu grinsen.

„Leute“, sagt er langsam. „Ich glaube, ich habe da gerade eine Idee ...“

Emily und ich wechseln einen ratlosen Blick.

„Die Leute wollen einen Schatz?“, ruft Jakub, der jetzt noch breiter grinst. „Na, dann geben wir ihnen einen!“

„Das ist es!“ Emily springt auf. Sie wedelt mit den Händen so aufgeregt in der Luft herum, dass ihre vielen Armreifen klimpern. „Das ist die Lösung! Jakub, du bist genial!"

Verdattert blicke ich von Emily zu Jakub. Habe ich hier irgendwas nicht mitgekriegt? Da erbarmen sie sich endlich und erzählen mir, was ihnen vorschwebt. Eine neue Mission. Und ich muss zugeben: Sie könnte funktionieren. Mit Betonung auf *könnte.*

Betonung auf: MUSS einfach funktionieren.

11. Kapitel

Am nächsten Tag wache ich supergut gelaunt auf. Sonnenstrahlen kitzeln meine Haut, dazu dieses friedliche Vogelgezwitscher … es könnte nicht besser sein! Eine echte Alternative zu einem feuchten Zeltdach, das einem eklig im Gesicht klebt. Von explodierenden Knallerbsen unter den Füßen ganz zu schweigen.

Ich schiebe den Vorhang meiner Schlafhöhle zurück und blicke in das Gesicht meiner mindestens so gut gelaunten Mutter.

„Guten Morgen, Leon! Ich wollte gerade gucken, ob du noch lebst!"

Meinem knurrenden Magen nach muss das wohl der Fall sein.

„Emily und Jakub waren schon zweimal hier und haben nach dir gefragt."

„Was?" Ich setze mich auf. „Wie spät ist es denn?"

Mein Blick fällt auf die Uhr an der Wand. Kurz nach elf. So lange habe ich in meinem ganzen Leben noch nicht gepennt. Die Rolle der Langschläferin ist in unserer Familie eigentlich schon von Mia besetzt. Ich hoffe, ich mutiere nicht zu einer männlichen Version. Zwei Pubertierende gleichzeitig würden meine Eltern sicher nicht verkraften.

Meine Mutter lacht, als könne sie Gedanken lesen.

„Die beiden lassen dir ausrichten, dass sie bei Mabel sind."

Ich kratze mich am Kopf.

Bei Emilys Oma hängen wir eigentlich nur aus zwei Gründen ab. Entweder wir müssen an Emilys Werkbank. Oder es gibt Afternoon Tea. Ich habe zwar lange geschlafen. Aber bis in den Nachmittag nun auch wieder nicht. Also muss Ersteres der Fall sein. Ja, natürlich! Auf einmal weiß ich wieder, was wir heute vorhaben. Und das ist eine ganze Menge. Ich springe vom Alkoven und suche meine Klamotten von gestern zusammen. Als ich fast aus der Tür bin, hält mich meine Mutter zurück.

„Leon, willst du nicht erst was frühstücken?"

Ich schnappe mir ein Dinkelbrötchen von der Anrichte.

„Und was ist mit Zähne putzen?"

„Mach ich unterwegs.“

Ich greife meinen Waschbeutel und bin weg.

Als ich kurz darauf mit frischem Atem und blitzblanken Zähnen zu Mabels Stellplatz laufe, schallt mir lautes Klopfen entgegen. Dann sehe ich auch, woher es kommt: von Emily, die vor ihrer Werkbank steht und den Hammer schwingt. Hier ist wie immer alles vollgestellt mit Emilys unvollendeten Projekten. Hinter einem reparaturbedürftigen Vogelhäuschen kann ich ein angefangenes Hochbeet ausmachen. Jakub steht direkt neben der Werkbank – die Schultern hochgezogen – und hält mit spitzen Fingern fest, worauf Emily so energisch eindrischt. Emily ist so in ihre Arbeit vertieft, dass sie mich erst bemerkt, als ich auf ihren Oberarm tippe.

Erschrocken wirbelt Emily herum.

Jakub lacht.

„Auch schon wach?“, fragt er grinsend.

Ich würde gern mit einem flotten Spruch kontern. Aber mir fällt nichts ein. So begeistert bin ich von dem, was ich da sehe: eine alte, schäbige Kiste. Wie frisch vom Sperrmüll.

„Perfekt“, murmle ich.

„Die Kiste ist einfach nur perfekt." Das ist sie wirklich. Halb vermodert und verwittert, mit jeder Menge Gebrauchsspuren. Genau so eine brauchen wir für die Umsetzung unseres Plans.

„Die Kiste muss ja mindestens hundert Jahre alt sein!", vermute ich.

Jetzt grinst auch Emily.

„Nö", sagt sie. „Die ist eigentlich ganz neu. Aber ich hab ein bisschen nachgeholfen ..."

Emily deutet auf die Werkbank. Ich sehe Schleifpapier, einen Bimsstein, weiße Acrylfarbe und Kaffeesatz.

„*Damit* hast du das so hingekriegt?"

Emily nickt stolz.

„Und jetzt", sagt sie, während sie mit dem Hammer weit ausholt und Jakub schnell in Deckung geht. „Jetzt fehlt nur noch der letzte Schliff."

Der Hammer saust auf das glänzende Schnappschloss. Bämm – ist auch das in Sekundenschnelle um Jahrzehnte gealtert.

12. Kapitel

Das ist unser supergeheimer Plan: Die Kiste, die Emily so kunstvoll hat altern lassen, wird unsere Schatzkiste. Die buddeln wir nachts ein und am Tag danach wieder aus. Vor möglichst vielen Zuschauern, versteht sich. Wenn Janne, Amadou und all die anderen denken, dass der Schatz gefunden ist, werden sie ihre Sachen packen und weiterziehen. Gleichzeitig bekommt das Hollercamp im Fernsehen die Aufmerksamkeit, die Berta offenbar so wichtig ist. Das hoffen wir zumindest.

„Jetzt müssen wir nur noch überlegen, was in die Kiste reinkommt", sage ich.

„Total egal." Jakub winkt ab. „Wenn die Verpackung stimmt, kommt es auf den Inhalt gar nicht mehr an. So ticken die Menschen."

„Also, ich ticke definitiv nicht so!", empört sich Emily.

Leider kann ich das von mir nicht behaupten – so oft, wie ich schon auf irgendeine Werbung reingefallen bin. Da war zum Beispiel das Müsli, das angeblich Superkräfte verleiht. Ich habe extra eine ganze Packung vor dem Sportunterricht in mich reingeschaufelt ... und bin dann doch nicht über den blöden Bock gekommen. Trotzdem befürchte ich, dass Jakub in diesem Punkt falschliegt. Wir werden die Schatzkiste, nachdem wir sie ausgegraben haben, nicht einfach so abtransportieren können. Die Leute werden schon wissen wollen, was da drin ist! Allen voran das Fernsehteam.

Emily sieht das genauso.

„Okay, und an was hattet ihr gedacht?", fragt Jakub mit verschränkten Armen. „Sollen wir heute Abend noch in die Bank einbrechen und den Tresor ausräumen? Oder lieber nach London jetten und die Kronjuwelen stehlen? Oder wo sonst wollt ihr einen verdammten Schatz hernehmen?"

Genau in dem Augenblick kommt Mabel aus ihrem Camper spaziert.

„Was meint ihr, Kinder?", ruft sie fröhlich. „Kann ich Samstag so in die Oper gehen?"

Mabel dreht sich einmal um sich selbst. Sie trägt ein hellgrünes, beinahe bodenlanges Kleid. Die Farbe passt wunderbar zur goldenen Halskette mit den grünen Steinen, die verheißungsvoll in der Sonne glitzern. Als Mabel ihren kleinen Hut zurechtrückt, entdecke ich einen fetten Klunker an ihrem Ringfinger. Und passende Ohrringe trägt Mabel auch! So viel Bling-Bling habe ich bisher nur im Fernsehen gesehen. In irgendwelchen Rapper-Videos.

„Sieht fantastisch aus, Granny", jubelt Emily.

Jakub und ich nicken eifrig. Hochzufrieden verschwindet Mabel wieder in ihrem Camper. Als die Tür hinter ihr ins Schloss fällt, sehen Jakub, Emily und ich uns an. Ohne dass wir auch nur ein Wort wechseln, ist uns allen klar: Das mit dem Schatz wäre geregelt.

13. Kapitel

Natürlich sind wir zu gut erzogen, um Mabel einfach so zu überfallen. Wir sind ja nicht die fiesen Vier. Im Übrigen wollen wir den Schmuck auch gar nicht behalten. Sondern nur ausleihen. Und genau das ~~werden wir~~ heute in der Nacht tun, wenn Mabel tief und fest schläft. werde ich

Jakub schlägt vor, schon einmal den Ort festzulegen, an dem wir die Schatzkiste später verbuddeln.

„Darum sollten wir uns unbedingt kümmern", gibt Emily ihm recht. „Nach einer kleinen Zwischenmahlzeit."

„Echt?", frage ich. „Hast du echt schon wieder Hunger?"

„Schon wieder?" Emily stemmt empört die Hände in die Hüften. „Anders als ein gewisser Leon bin ich schon seit Stunden wach! Und ich habe heute früh nur zwei Spiegeleier mit Toast, ein paar gebratene Tomaten und eine Dose Baked Beans gegessen."

Habe ich wirklich zwei gesagt? Es waren drei. Oder vier?

„Was, nur eine Dose?“, fragt Jakub schockiert. „Dann nichts wie ab zum Lädchen.“

Im Lädchen gibt es alles, was man als Camper so braucht. Es ist außerdem der Treffpunkt für alle, die gerade nichts Besseres zu tun haben. Irgendjemand lehnt eigentlich immer an der Theke und quatscht. In diesem Moment sind es Knorke und Frieder. Frieder trägt wieder eines seiner geliebten Motto-Shirts unter seiner Weste. ICH BIN KRANK steht in großen Buchstaben vorne auf der Brust. Der Spruch irritiert mich. Jetzt mal ganz ehrlich: Was soll diese Information? Wenn wirklich stimmt, was da steht, gehört Frieder nicht hierher ins Lädchen, sondern in seinen Schlafsack. Und falls es ein Witz sein soll, kapiere ich ihn nicht. Dass ich Frieder anstarre, merke ich erst, als Jakub mir seinen Ellenbogen in den Rücken rammt. Ein bisschen zu fest. Ich stolpere auf Frieder zu.

„Hoppla!“, ruft er und fängt mich auf. Und jetzt kann ich auch die Buchstaben entziffern, die weiter unten auf dem T-Shirt stehen: ICH HABE DAS CAMPINGFIEBER. Na, wenn das so ist ... Das haben wir alle!

Haha!

Emily hat in der Zwischenzeit eine kleine Auswahl an Leckereien zusammengestellt, mit denen sie nun zur Kasse geht. Dort stehen schon zwei Dosen Cola.

„Die Süßigkeiten der Kinder gehen auch auf mich“, sagt Frieder und zieht ein paar Scheine aus seiner Westentasche. Es ist ein fettes Bündel, clever zusammengehalten.

Gut möglich, dass ich schon wieder starre. Denn so viele große Scheine auf einmal habe ich noch nie gesehen.

„Hab gerade erst gute Geschäfte gemacht“, erklärt Frieder.

„Und ich habe gerade erst Taschengeld gekriegt“, sagt Emily. Sie klatscht einen 5-Euro-Schein auf den Tisch. Jakub wirft mir einen fragenden Blick zu. Ich zucke nur mit den Schultern. Keine Ahnung, was Emily hat. Eigentlich ist es doch voll korrekt von Frieder, dass er nicht nur seinen Kumpel, sondern uns gleich mit einladen will, oder?

Gute Menschenkenntnis.

Hallo? Von Fremden nimmt man nichts an!

Zwischen zwei alten Kiefern am Rand der Liegewiese finden wir die perfekte Stelle für unseren Schatz. Hier hat noch niemand gebuddelt. Und hier steht auch keine von den Laternen, die den Platz nachts beleuchten. Was uns natürlich sehr gelegen kommt. Als Emily die Stelle für später mit einem Stein markiert, fliegt ein schwarzer Vogel so dicht über uns hinweg, dass ich erschrocken den Kopf einziehe.

„Vielleicht sollten wir uns doch nach einer anderen Stelle umsehen?“, frage ich plötzlich unsicher.

„Wegen dem kleinen Vögelchen da?“, fragt Emily zurück.

Von wegen kleines Vögelchen!

„Das war ein ausgewachsener Rabe“, stelle ich klar. „Die bringen Unglück.“

„Aber der da nicht“, mischt sich auch Jakub ein.

Ich verschränke die Arme vor der Brust. „Und woher willst du das wissen?“

Jakub zuckt mit den Schultern.

„Er hat dir auf den Kopf gekackt“, sagt er. „Deshalb.“

14. Kapitel

Als ich mich mitten in der Nacht aus dem Camper schleiche, mache ich mir vor Aufregung fast in die Hose. Das Wichtigste ist, dass uns niemand bemerkt. Damit ich weniger auffalle, habe ich mir extra einen dunklen Kapuzenpulli übergezogen. Trotzdem mache ich um die Laternen einen weiten Bogen. In der Ferne sehe ich den Lichtkegel einer Taschenlampe. Das muss Jakub sein, der vom Zeltplatz kommt. Statt uns richtig zu begrüßen, nicken wir uns bloß ernst zu. Denn es ist klar: Jetzt darf nichts mehr schiefgehen.

Emily wartet schon an unserem Treffpunkt. Sie hat sich an eine der Kiefern gelehnt, in ihren Händen hält sie eine kleine silberne Schatulle. Ich kann mir schon denken, was da drin ist. Bevor Jakub oder ich etwas sagen können, klappt Emily die Schatulle auf. Mir bleibt die Spucke weg. Wie das funkelt und glitzert! Im Mondlicht sieht der Schmuck noch wertvoller aus. Eben wie ein richtiger Schatz. ist es ja auch

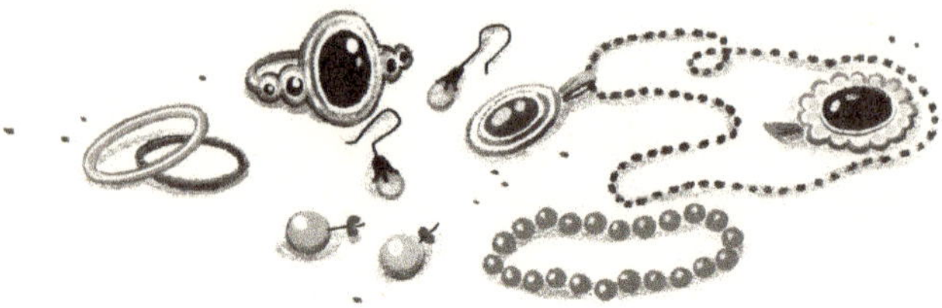

„Sind das echte Smaragde?“, fragt Jakub fast tonlos. Er richtet die Taschenlampe so aus, dass er unsere Gesichter sieht, ohne uns zu blenden. Dann kann er trotz der Dunkelheit von unseren Mündern absehen und uns besser verstehen.

Emily nickt. „Unsere Familienerbstücke.“

Irgendwie beruhigt mich das. Wenn Emily der Schmuck sowieso irgendwann gehören soll, fühlt es sich gleich weniger nach Diebstahl an. Auch wenn wir den Schmuck sowieso wieder zurückbringen werden.

„Hat denn alles gut geklappt?“, frage ich. „Deine Oma ist nicht wach geworden, oder so?“

Emily lacht.

„Wenn meine Granny schläft, dann schläft sie. Da könnte man den ganzen Wohnwagen abschleppen, sie würde weiterratzen.“ Emily stößt sich mit dem Fuß vom Baum ab. „Also, fangen wir an?“

Ich entdecke die zwei Spaten, die zwischen den Bäumen im Gras liegen. Gut, dass wenigstens eine hier an die richtigen Arbeitsgeräte gedacht hat! Emily ist echt die geborene Verbrecherin.

Ich versteh das mal als Kompliment.

„Wo hast du die denn aufgetrieben?“, fragt Jakub.

„In Bertas Schuppen“, sagt Emily. „Leider gab es nur zwei. Aber ich dachte, du kommst bestimmt auch hiermit klar.“ Aus ihrer Hosentasche zieht sie eine kleine gelbe Buddelschippe und drückt sie Jakub in die Hand.

„Haha“, macht Jakub. „Vorschlag: Ihr beide fangt an zu graben und ich hole in der Zwischenzeit die Schatzkiste.“

Die Aufteilung ist mir nur recht. Denn die Kiste ist in ihrem Versteck unter der Werkbank. Ehrlich gesagt, grusele ich mich immer ein bisschen, wenn ich allein über den dunklen Platz laufe. Auch Emily scheint lieber zu buddeln. Allerdings ist das eine Schweinearbeit. Die Erde ist wie hart gefroren und überall sind diese nervigen Wurzeln. Als Jakub mit der Kiste zurückkommt, deutet er grinsend auf unser Loch.

Ich hab ja auch nur 2 Hände.

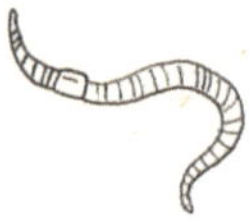

„Sagt mal, hat das ein Regenwurm gegraben?“

„Mach’s besser“, murre ich und drücke ihm den Spaten in die Hand. Und das tut Jakub! Das tut er wirklich. Aufmerksam mustere ich meinen Kumpel. Er hat in der letzten Zeit noch mal ordentlich an Muckis zugelegt. Ich blicke auf meine eigenen dünnen Oberarme und frage mich, ob ich neidisch sein soll oder stolz. Wahrscheinlich bin ich beides.

Bald ist das Loch tief genug. Emily hat die ehrenvolle Aufgabe, ihren Familienschmuck in unsere Schatzkiste zu legen. Doch dafür muss sie die Kiste erst einmal aufkriegen.

„Der verdammte Verschluss klemmt“, flucht sie und presst die Lippen aufeinander. Ich kann mir schon vorstellen, woran das liegt. An ihrem gezielten Hammerschlag. Aber den Kommentar verkneife ich mir. Emily kniet sich vor die Kiste und fummelt weiter an dem Schnappschloss herum.

Richtig so!

Endlich passiert es: Die Kiste springt auf.

„Scheiße!“, ruft Emily im gleichen Moment.

Sie hat sich den Zeigefinger geklemmt. Und zwar ordentlich. Das gibt bestimmt einen fetten Bluterguss.

„Du musst den Finger sofort kühlen gehen", sagt Jakub, ohne überhaupt einen Blick auf die Verletzung zu werfen. Er studiert die Kieferkrone über uns, als hätte er nie etwas Faszinierenderes gesehen.

„Sagst du das, weil du kein Blut sehen kannst?", fragt Emily misstrauisch. „Willst du, dass ich verschwinde?"

„Nee. Im Ernst!", beharrt Jakub, den Blick immer noch nach oben gerichtet. „Wenn du kühlst, schwillt der Finger nicht an."

„Hast du zufälligerweise einen Eiswürfel dabei?", fragt Emily.

Jakub schüttelt den Kopf.

„Tja, dann wird hier wohl erst mal nix gekühlt."

„Bescheuert", meint Jakub leise.

„Wie bitte?" Emily stemmt die Hände in die Hüften.

Die beiden sind doch tatsächlich kurz davor, sich in die Haare zu kriegen. Ich fasse es nicht. Wir streiten uns nie! Und ausgerechnet jetzt, in diesem kritischen Moment, wollen sie damit anfangen? Emily und Jakub merken gar nicht, dass sie immer lauter werden.

„Pscht", mache ich.

„Nix pscht", sagt Emily empört. „Jetzt lass uns das doch mal ausdiskutieren."

Auch Jakub guckt mich so böse an, als wäre ich hier der Spielverderber.

„Leute", zische ich. „Da kommt jemand!"

15. Kapitel

Emily und Jakub blicken mich ungläubig an. Zugegeben, um für Frieden zu sorgen, wäre das ein guter Trick. Ich *wünschte,* es wäre ein Trick. Aber da kommt wirklich jemand! Merken die das denn nicht? Die Schritte auf dem Kies werden immer lauter. Außerdem ist da dieses unheimliche Schnaufen. Für lange Erklärungen ist jetzt keine Zeit mehr, also verziehe ich mich hinter den schmalen Stamm der Kiefer und hoffe inständig, dass die anderen es mir nachtun.

Als Emily Sekunden später zwischen den dichten Haselsträuchern in Deckung geht, schaltet Jakub seine Taschenlampe aus und lässt sich ins Gras fallen. Mit dem Kopf zur Seite liegt er dort völlig regungslos auf den Boden gepresst.

Die Schritte kommen näher. Ich kann zwei unterschiedliche Stimmen ausmachen. Oder sind es noch mehr? Dem Trampeln nach könnte es eine

Horde Elefanten sein. Auf einmal habe ich einen schrecklichen Gedanken: Ob das unsere Feinde sind? Treiben die hier schon wieder ihr Unwesen? Endlich, nach einer gefühlten Ewigkeit, werden die Stimmen leiser und die Schritte entfernen sich. Erst als ich mich aus meinem Versteck wieder hervorwage, merke ich, dass ich die ganze Zeit die Luft angehalten habe.

„Ich wüsste echt gern, wer hier nachts über den Platz schleicht", sage ich.

„Du meinst: außer uns?", fragt Emily grinsend. Aber das Grinsen sieht verdammt gezwungen aus.

Wir können nicht weiter darüber nachdenken, da wir mitten in unserer wichtigen Schatz-Mission stecken. Emily legt den Schmuck in die Schatzkiste, die wir behutsam in die Grube stellen. Dann kommt die Erde drauf. Was zu viel ist, verteilen wir unter den Büschen. Als wir die Erde festtreten, beschleicht mich wieder das unangenehme Gefühl, beobachtet zu werden. Immer wieder blicke ich über meine Schulter, doch da ist nichts. Und bald macht sich ein anderes Gefühl in mir breit, ein viel besseres. Nämlich große Zufriedenheit darüber, gute Arbeit geleistet zu haben. Wo wir gebuddelt haben, ist kaum noch zu erkennen. Mal ganz ehrlich: Wir hätten den ersten Teil unseres Plans nicht besser umsetzen können.

16. Kapitel

Am nächsten Morgen kann es gar nicht schnell genug gehen.

„Leon, alles in Ordnung?“, fragt meine Mutter besorgt, als wir am Frühstückstisch sitzen. „Wieso schlingst du denn so?“

„Bin verabredet“, nuschle ich mit vollem Mund.

„Eklig“, kommentiert meine Schwester nur.

Extra für sie schiebe ich mir den ganzen Rest meines Brötchens auf einmal zwischen die Zähne, bevor ich mich für ihren Hinweis wortreich bedanke. Angewidert wendet Mia den Blick ab.

„Ich bin dann mal weg“, sage ich und stelle mein Geschirr in die Spülschüssel. Ein Glück, dass ich erst morgen wieder mit dem Abwasch dran bin. Heute kann ich mich mit solchen Banalitäten wirklich nicht beschäftigen.

„Sehen wir uns noch mal vor dem Abendessen?“, ruft mir mein Vater hinterher.

Und ob wir das tun, denke ich. Ihr seht mich auf jeden Fall! Und wenn unser Camper einen funktionierenden Fernseher hätte, würdet ihr mich vielleicht sogar auf dem Bildschirm sehen. Nämlich, wenn das TV-Team live überträgt, wie wir den Schatz heben. Aber ich zucke nur mit den Schultern.

„Weiß noch nicht, was wir vorhaben", rufe ich zurück.

Eine glatte Lüge. Früher wäre mir das nicht so leicht über die Lippen gegangen. Aber ich werde eben auch älter.

Als Jakub, Emily und ich wenig später mit Spaten und Buddelschippe über den Platz in Richtung Liegewiese laufen, ernten wir jede Menge böse Blicke. Von den Schatzsuchern, klar, denn wir bedeuten Konkurrenz. Aber auch die Stammgäste mögen nicht, was sie da sehen.

„Seid ihr jetzt auch auf die Geschichte reingefallen?“, fragt Eva und wischt sich mit dem Handrücken über die Stirn. Ihrem schicken Sportdress und den Stöcken nach zu urteilen, kommt sie gerade von einer ihrer Walkingrunden zurück. Denen hat sie übrigens auch ihren Spitznamen zu verdanken: Waldläuferin.

Ich gebe mich ahnungslos. „Wie kommst du denn darauf?“

„Na, ihr drei müsstet doch wissen, dass das mit dem Schatz Humbug ist!“, meint Eva. Ich kann nicht raushören, ob sie enttäuscht klingt oder vorwurfsvoll.

„Tun wir ja auch“, gibt Jakub zurück.

Eva stützt sich auf ihren Stöcken ab und hebt langsam eine Augenbraue. „Ach, und wofür braucht ihr dann die Spaten?“

„Wir legen bei meiner Granny ein Gemüsebeet an“, sagt Emily, ohne mit der Wimper zu zucken.

„Im Herbst?“

Ups. Damit hat sie uns wohl.

„Okay, zugegeben“, sage ich widerwillig. „Was wir vorhaben, hat schon mit dem Schatz zu tun. Aber nicht so, wie du denkst.“

„Wie denn dann?“, hakt Eva höchst interessiert nach.

Ich schüttle den Kopf.

„Mehr können wir dir gerade leider nicht verraten.“

Jakub nickt.

„Aber wenn alles läuft wie geplant, erfährst du es früh genug.“

Eva scheint zu merken, dass es uns ernst ist. Sie richtet sich auf und nickt. „Dann bleibt mir wohl nur, euch viel Erfolg zu wünschen.“

„Du könntest uns auch die Daumen drücken“, rufe ich im Weitergehen. „Eine gehörige Portion Glück ist genau das, was wir brauchen!“

17. Kapitel

Auf der Liegewiese ist schon ordentlich was los. Janne und Amadou sind weitergezogen und graben nun in der Nähe des Beachvolleyball-Felds. Janne hat sogar einen richtigen Metalldetektor, mit dem sie den Boden absucht. Das nenne ich mal professionell!

Als sie uns sehen, winken sie freundlich. Wenigstens den beiden scheint es nichts auszumachen, dass wir nun scheinbar doch mitmischen. Wir winken zurück.

Eine Frau mit blauen Gummistiefeln, die uns schon eine Weile beobachtet, spricht Emily an.

„Das ist aber lieb, dass du deinem Papa helfen willst."

„Meinem Papa?"

„Ich glaube, er wartet schon auf dich!"

Die Frau mit den Gummistiefeln deutet quer über die Wiese. Ich folge ihrem Blick. Dort hinten ist eigentlich nur ein Typ, der vom Alter her gerade so als Emilys Papa infrage kommt. Amadou.

Emily schluckt hörbar. „Das ist nicht mein Papa."

Die Frau macht große Augen.

„Oh, dann hast du schon so einen großen Bruder? Die Ähnlichkeit ist jedenfalls nicht zu übersehen, bei der Hautfarbe!"

Mir bleibt in dem Moment fast die Spucke weg. Ich kann gar nicht genau erklären, warum. Ich weiß nur: Was die Frau von sich gibt, ist Mist.

Emily blickt die Frau jetzt direkt an. „Dann gehören die da hinten wohl alle zu dir?", fragt sie und deutet in Richtung Spielplatz, wo sich eine Horde Kinder tummelt.

„Wie bitte?" Die Frau runzelt die Stirn.

„Na, weil die genauso weiß sind wie du!"

Die Wangen der Frau beginnen sich zu verfärben.

„Ich dachte ja nur", sagt sie. „Man wird ja wohl noch –"

„Was wird man wohl noch?", fragt Emily. „Ein bisschen blöd sein dürfen?"

oder noch treffender: rassistisch

Spätestens jetzt ist die Frau knallrot im Gesicht. Sie klappt den Mund ein paarmal auf und zu. Beim dritten Mal entschlüpft ihr ein „Unverschämt!".

Dann stapft sie wütend davon. Ihre Gummistiefel hinterlassen fette Abdrücke in der Erde.

„Der hast du es aber gezeigt!", sagt Jakub schwer beeindruckt.

„Ja", gebe ich ihm recht. „Das war superschlagfertig."

Emily zuckt nur mit den Schultern. „Hab mit meinen Eltern ja oft genug geübt."

In dem Moment schwöre ich mir: Wenn so was wieder passiert, mache ich auch den Mund auf.

Zwischen den beiden Kiefern hat sich zum Glück noch niemand breitgemacht. Kaum haben wir unseren Platz in Beschlag genommen, stößt Jakub den Spaten in die Erde. Leider an der falschen Stelle.

„Da nicht", sagt Emily, die doch ein bisschen blass um die Nasenspitze ist. „Du gräbst zu weit links."

Doch Jakub macht weiter.

„Jakub", sage ich. „Der Schatz liegt woanders."

Aber Jakub gräbt einfach weiter. Ich blicke zu Emily, die mit den Schultern zuckt. Hat er uns nicht gehört? Ist es möglich, dass sich die Batterien seiner Hörgeräte einfach so verabschiedet haben?

Ich tippe Jakub auf die Schulter. Er seufzt theatralisch.

„Leute“, sagt er. „Ich bin nicht bescheuert. Ich weiß, wo der Schatz liegt. Aber denkt doch mal nach: Wie sieht es wohl aus, wenn wir nach zehn Sekunden den Schatz finden, den alle anderen seit Tagen suchen?“

Das stimmt wohl. Es sieht verdächtig aus. Total verdächtig.

„Also, worauf wartet ihr?“, fragt Jakub. „Nehmt euch eine Schippe und buddelt sinnlos in der Gegend herum. So wie ich.“

Genau das tun wir. Wir graben und graben und graben – und machen nur eine kurze Pause, um uns einen von Emilys Schokoriegeln zu teilen. Langsam pirschen wir uns weiter an die richtige Stelle heran. Nach einer gefühlten Ewigkeit setzt Emily endlich den entscheidenden Spatenstich: Ein Teil unserer Kiste liegt frei.

„Leute, hier ist was!“, ruft Emily im gleichen Moment.

Sie lässt sich auf den Boden fallen und klopft auf

dem Holzdeckel herum. Als wüsste sie nicht, um was es sich handelt. Und ich gebe zu: Beinahe täuscht Emily sogar mich mit der Nummer. Sie hebt die Kiste aus der Grube und Jakub steigt mit ein.

„Ich fasse es nicht!“, ruft er und wackelt aufgeregt mit dem Kopf.

Vielleicht sollte ich mitmachen bei dem Schauspiel. Ganz bestimmt sollte ich das. Also sinke ich in die Knie und hebe beide Hände dramatisch in die Luft.

„Mein lieber Herr Gesangsverein!“, brülle ich. Das sagt unser Deutschlehrer immer, wenn er von irgendwas sehr beeindruckt ist. Und dann fällt mir noch was Gutes ein.

„Ich glaube, mein Schwein pfeift!“

Ich überlege gerade, ob ich noch ein ungläubiges „Sapperlot“ hinterherschieben soll, da frieren Emilys und Jakubs Bewegungen ein. Wie früher beim Stopptanz, wenn die Musik ausging. Sie starren mich an.

„Hat er das tatsächlich gerade gesagt?“, fragt Jakub.

„Ja, hat er.“

„Aber wer sagt denn so was?“

„Ein verdammt schlechter Schauspieler.“

Zugegeben, vielleicht habe ich etwas übertrieben. Vielleicht hätte ich meine Hände nicht zum Himmel strecken müssen, als würde ich mich bei den Schutzheiligen aller Campingplätze für unseren unerwarteten Fund bedanken. Und möglicherweise hätte statt der vielen Worte ein gutes altes „Krass" auch gereicht.

Ganz bestimmt sogar

Aber wenigstens haben wir jetzt die volle Aufmerksamkeit von so ziemlich jedem auf dem Platz. Und genau das wollten wir ja.

Auf einmal sind wir umzingelt von Menschen. Alle reden aufgeregt durcheinander und kommen immer näher. Als ich befürchte, dass sie sich gleich über unsere Kiste hermachen, überrasche ich mich selbst: Ich stelle einen Fuß auf den Deckel und stemme die Hände in die Hüften. Total angebermäßig, aber es wirkt.

Und wie das wirkt!

Die Gaffer weichen tatsächlich zurück. Langsam bildet sich ein Halbkreis um uns und unsere Kiste. Da sind Amadou und Janne mit ihrem Metalldetektor, die Waldläuferin Eva und Knorke samt seinem besten Kumpel Frieder. Sogar meine Schwester kann ich in der Menge ausmachen. Sonst sind es vor allem Leute, die ich nicht kenne. Leute, die nur wegen der Schatzsuche im Camp sind und Berta tagein, tagaus jede Menge Nerven kosten. Ein Hauch fieser Genugtuung breitet sich in mir aus, als ich mir vorstelle, wie enttäuscht sie alle gleich sein werden. Wenn wir den Deckel unserer Schatzkiste öffnen und ihnen klar wird, dass wir ihnen den Schatz vor der Nase weggeschnappt haben. So ein Pech aber auch!

Die Aufregung der anderen steckt mich an, das Herz klopft mir bis zum Hals. Und das ist auch kein Wunder. Denn das jetzt, hier, ist der alles entscheidende Moment.

Fehlt eigentlich nur noch ...

„Das Fernsehteam!“, ruft jemand in dem Augenblick.

Ja, genau! Ich recke den Hals und sehe, wie die Leute vom Fernsehen im Schweinsgalopp über die Wiese rennen.

„Wurde aber auch Zeit“, sagt Jakub.

Das Team legt noch einen Zahn zu. Bestimmt befürchten sie, zu spät zu kommen. Sie wissen ja nicht, dass sie ein zentraler Teil unseres Plans sind. Dass wir die Kiste nicht ohne sie öffnen werden. Niemals. Sie sollen in den Nachrichten einen schönen Beitrag über uns bringen, damit auch wirklich alle wissen: Der Schatz ist gefunden. Die Anreise lohnt sich nicht mehr.

„Was soll das?“

„Aua, mein Fuß!“

„Du Blödmann!“

„Für Sie immer noch: Sie Blödmann!“

Es gibt ein Wahnsinnsgerangel, weil niemand seinen Platz in der ersten Reihe aufgeben will. Doch irgendwie gelingt es dem Reporter, sich ganz nach vorne zu drängeln. Dicht gefolgt von der Kamerafrau, die schon bereit ist. Sie hält direkt auf uns drauf. Als das rote Licht an ihrer Kamera aufleuchtet, nehme ich den Fuß von der Kiste.

18. Kapitel

Emily und Jakub öffnen die Kiste gemeinsam. Nachdem die beiden sich gerade so über mein Schauspieltalent lustig gemacht haben, will ich es jetzt besser machen. Wenn der Deckel gleich aufgeht, werde ich überrascht gucken. Aber nicht zu überrascht. Nicht à la Herr Gesangsverein. Einfach so, als hätte ich den Schmuck noch nie gesehen. Doch dann kommt alles anders. Denn ... die Kiste ist leer.

„W-was? Wie?“ Ich bin so geschockt, dass ich nicht mal einen ganzen Satz rausbringe. Auch Jakub ist fassungslos. Doch Emily trifft es am härtesten. Auf der Wiese hockend, öffnet und schließt sie den Deckel immer wieder – als wäre es eine Zauberkiste mit doppeltem Boden. Doch der Schmuck ist und bleibt verschwunden. Nach einigen Sekunden der Schockstarre, in der ich nichts wahrnehme außer dem Klacken des Schlosses, dringt die Stimme des Reporters in mein Ohr.

„... alle Mühe war also umsonst", flötet er in sein Mikrofon. „Möglicherweise wurde der Schatz schon vor Jahren gefunden. Warum die leere Kiste wieder vergraben wurde, das weiß kein Mensch. Es ist auch nicht wichtig. Wichtig ist nur eines: Hier im Hollercamp ist nichts mehr zu holen. Und so wird der Platz auch schon geräumt."

Ich blicke über meine Schulter. Das stimmt. Die Menschenmenge hat sich aufgelöst, überall wird zusammengepackt. Bald werden die Schatzsucher weiterziehen. Leider kann ich mich darüber kein bisschen freuen. Wir haben ein Problem gelöst, indem wir ein neues, viel größeres erzeugt haben. Na super!

Erst jetzt bemerke ich, dass Eva noch bei uns steht.

„Gratulation", sagt sie fröhlich zwinkernd. „Was für ein großartiger und gewagter Plan! Ich hätte nicht gedacht, dass die Leute sich mit einer leeren Kiste abspeisen lassen."

„Aber wir hatten einen Schatz!", will ich am liebsten rufen.

Doch weil Emily mir ihre Hand auf den Arm legt, halte ich die Klappe. Erstens bringt es sowieso nichts. Und zweitens kommen wir sonst noch richtig in Schwierigkeiten. Wenn wir Eva verraten, dass wir einen Schatz hatten, will sie garantiert weitere Details wissen. Und ehe wir uns versehen, erzählt sich der ganze Platz, dass wir Mabel bestohlen haben. Denn von Ausleihen kann man unter diesen Umständen wohl leider nicht mehr sprechen. Auf einmal ist mir ziemlich schlecht. Mabel wird unglaublich enttäuscht von uns sein! Wir sind gemeine Diebe, denke ich. Wir sind gemeine Diebe, die nette alte Damen beklauen.* Vielleicht sollten wir uns den fiesen Vier anschließen. Wir sind echt nicht besser. Während ich noch in meinen Selbstvorwürfen bade, hat Jakub schon einen Entschluss gefasst.

*die uns mit Scones versorgen

„Wir treiben den Schmuck wieder auf", verkündet er grimmig.

„Schön wär's." Emily ist hoffnungslos. Und das ist auch kein Wunder: Wir haben keinen einzigen Anhaltspunkt.

Doch das scheint Jakub nicht zu stören. „Wann geht deine Oma in die Oper?", will er wissen.

„Samstag." Die Antwort kommt fast tonlos.

„Also haben wir drei Tage Zeit."

Drei Tage. Kommt mir verdammt wenig vor.

„Ach, wir haben schon ganz andere Dinge geschafft", meint Jakub unbekümmert. „Außerdem gibt es meiner Meinung nach nur einen Verdächtigen. Oder sollte ich sagen ... vier?"

19. Kapitel

Ein kalter Schauer läuft mir über den Rücken. Dass ich da nicht gleich draufgekommen bin! Natürlich stecken unsere Erzfeinde dahinter. So ergibt im Nachhinein alles Sinn: Warum ich mir ständig eingebildet habe, beobachtet zu werden. Weil wir tatsächlich beobachtet wurden! Und warum die fiesen Vier in letzter Zeit die Füße überraschend stillgehalten haben. Weil sie Großes vorhatten! Ich beiße die Zähne aufeinander. Auf einmal bin ich verdammt wütend. Mabel in unseren Streit mit reinzuziehen, das geht eindeutig zu weit.

Emily schlägt vor, dass wir uns gleich heute Nacht in der Laube umsehen. Die ist der mehr oder weniger geheime Treffpunkt der fiesen Vier. Dort sind wir in einer anderen Angelegenheit schon einmal fündig geworden. Damals waren wir auf der Suche nach Beweismaterial. Kaum hatten wir das gefunden, standen die fiesen Vier allerdings auf der

Matte. Genau deshalb glaube ich übrigens, dass wir uns den Weg zur Laube dieses Mal sparen können.

„Die wissen, dass wir ihre Laube kennen", sage ich. „Das ist für sie kein sicherer Ort mehr."

„Stimmt", gibt Jakub mir recht. „Der Schmuck kann überall sein. Aber in der Laube ist er garantiert nicht."

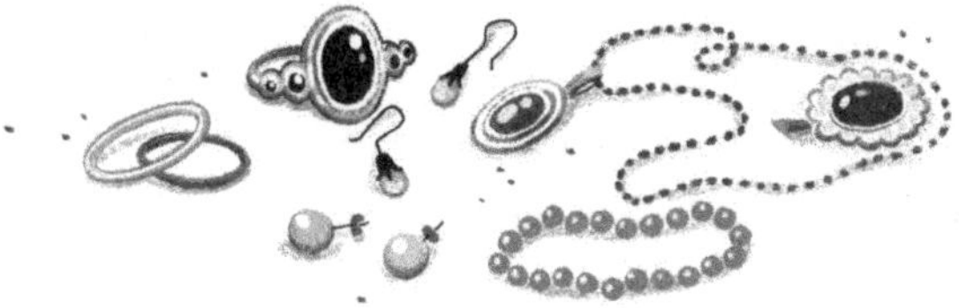

„Dann lagert er bei einem der fiesen Vier zu Hause", vermutet Emily.

Jakub nickt. „Aber um in deren Häuser einzusteigen, reicht die Zeit nicht."

„Äh ... und unser Können", füge ich hinzu. Ich meine, wir sind Camper! Keine Gangster.

„Sprich lieber nur für dich selbst", meint Jakub und lächelt überlegen. Einen Moment bin ich fassungslos: Zieht Jakub das etwa ernsthaft in Betracht? Hält er sich für den Ober-Panzerknacker oder was?

Doch Emily lacht. „Unter den Umständen schlage ich Folgendes vor: Wir konfrontieren die fiesen Vier mit unserem Verdacht."

Das macht mich nicht weniger fassungslos. „Äh ... konfrontieren, wie ... äh ... ansprechen?“

Emily nickt entschlossen. „Wir sagen ihnen ganz ehrlich, was Sache ist. Dass es sich bei dem Schmuck um Familienerbstücke handelt. Und dass sie die verdammt noch mal rausrücken sollen.“

Hm. Kein geheimer Plan? Keine ausgeklügelte Attacke? Das wäre definitiv mal was anderes. Und könnte genau deshalb funktionieren. Wenn wir das ganze alberne Drumherum sein lassen, merken Alex, Johanna und ihre Anhänger vielleicht, dass der Spaß genau hier ein Ende hat.

Es gibt nur ein Problem: Wir können nicht einfach so bei unseren Feinden aufkreuzen. Nicht nach allem, was war. Sie werden eine Attacke vermuten oder irgendeinen gemeinen Hinterhalt. Selbst wenn wir eine weiße Fahne schwenken. Bevor wir auch nur den Mund aufmachen, sind sie mit Sicherheit abgedampft.

Was wir also brauchen, ist ein Mittelsmann. Oder eine Mittelsfrau. Auf jeden Fall jemanden, der den Kontakt aufnimmt und unser Anliegen vorbringt.

„Wie wär's mit dem Barfüßler?“, schlägt Jakub vor.

Emily und ich schütteln den Kopf. Aus unseren Streitereien hält sich der Barfüßler raus. Er hört uns zu – egal, was wir selbst vielleicht angestellt haben – und steht uns moralisch zur Seite. Das war's dann aber auch. Der Barfüßler durchforstet lieber Mülltonnen, denkt sich Witze aus oder geht mit seinem Hund Wolf spazieren. Wolf, das ist es! Auf einmal habe ich eine Idee ...

Ich finde, das ist ganz schön viel.

20. Kapitel

„Ihr wollt euch meinen Hund ausleihen?"

Der Barfüßler lehnt lässig an der Tür zu seiner Kajüte, eine dampfende Kaffeetasse in der Hand. Nachdem ich den anderen von meinem Einfall erzählt hatte, sind wir so schnell wie möglich hierhergeradelt.

„Ich weiß nicht, ob man sich ein Tier einfach so ausleihen kann", spricht der Barfüßler weiter. „Und ehrlich gesagt, müsst ihr das Wolf schon selbst fragen."

Wolf, der natürlich ganz genau mitkriegt, dass wir über ihn sprechen, stellt die Ohren auf. Emily hockt sich zu ihm auf die Holzplanken und streicht ihm über den Kopf.

„Wölfchen", säuselt sie.

Wie immer muss ich mir das Lachen verkneifen. Der Barfüßler nennt seinen Hund auch oft so. Aber wie ein putziges kleines Wölfchen sieht dieses Tier nun wirklich nicht aus. Werwolf trifft es eher, gut, superlieber Werwolf.

Stimmt, er ist ein Schaf im Wolfspelz.

„Wölfchen“, sagt Emily noch einmal. „Könntest du uns einen kleinen Gefallen tun?“

Wolf schiebt seine Schnauze in eine von Emilys vielen Taschen. Er findet ein Hundeleckerli und ein Menschenleckerli und verputzt beides mit einem Happs. Dann sieht er Emily schwanzwedelnd an.

„Ich glaube, das heißt: ja“, sagt Jakub.

„Ich glaube, das heißt: mehr Futter“, sage ich.

Der Barfüßler klopft seinem Hund liebevoll die Flanke. „Also, raus mit der Sprache: Was genau schwebt euch vor?“

Wir machen es uns auf dem Deck des Hausboots gemütlich und erklären dem Barfüßler unseren Plan: Wolf soll den fiesen Vier eine Nachricht von uns überbringen. Der Hund sieht zwar gefährlich aus - aber wenn er wie immer schwanzwedelnd angelaufen kommt, werden die fiesen Vier sicher nicht abhauen. Und angreifen werden sie Wolf bestimmt nicht.

Der Barfüßler kratzt sich am Bart. „Habe ich das richtig verstanden: Ihr braucht Wolf als eine Art Brieftaube?“, fragt er.

„Ja, könnte man wohl so sagen ..."

Der Barfüßler überlegt einen Moment, dann nickt er. „Gefällt mir", sagt er. „Gefällt mir sogar außerordentlich gut. Wolf war schon Assistenzhund, Wachhund und Babysitterhund. Aber Briefhund war er noch nicht. Na, mein Großer, was meinst du?"

Wolf bellt einmal laut und kräftig.

Und damit ist es beschlossene Sache.

Über eine Stunde hängen wir auf dem Sonnendeck des Barfüßlers ab, trinken gekühlten O-Saft und feilen an der perfekten Nachricht. Das Ergebnis überträgt Jakub auf ein Blatt Papier.

Was zu viel ist, ist zu viel!

Der Schmuck, den ihr aus unserer Kiste gestohlen habt, gehört Emilys Oma. Dabei handelt es sich um Erbstücke! Wir erwarten die vollständige Herausgabe! Wenn sich das Diebesgut heute Abend Punkt 18 Uhr nicht im Astloch der Trauerweide befindet (siehe Skizze), ergreifen wir weitere Maßnahmen.

Das Dumme ist, dass wir keinen blassen Schimmer haben, was diese weiteren Maßnahmen sein sollen.

Heulen zählt wahrscheinlich nicht. Aber genau danach wird mir zumute sein, falls die Nachricht nichts bewirkt. Was ja auch sein kann ...

Nee. Aber Arsch versohlen!

„Darüber machen wir uns Gedanken, wenn es so weit ist", beschließt Jakub, rollt das Blatt zusammen und befestigt es mit einem Bindfaden an Wolfs Halsband. „Die merken garantiert, dass sie dieses Mal zu weit gegangen sind."

Über so viel Optimismus kann ich echt nur den Kopf schütteln.

21. Kapitel

Als wir mit unseren Rädern über den Waldpfad preschen, rennt Wolf fröhlich neben uns durch das bunte Laub. Es scheint ihm nicht das Geringste auszumachen, dass der Barfüßler zu Hause geblieben ist. Bestimmt weiß Wolf noch genau, wie wir ihn im Sommer bei uns aufgenommen haben. Oder ihm war einfach langweilig. Unser Ziel ist die Wiese, wo die Kinder aus dem Dorf sich fast täglich zum Kicken treffen, wenn es zum Baden zu kalt ist. Praktischerweise ist die Wiese gleich neben dem Campingplatz und umgeben von Büschen, hinter denen wir unbemerkt Stellung beziehen. Wolf lässt sich neben uns ins Gras fallen.

„Ähm, du musst jetzt zu den Kindern da", sage ich und deute mit dem Finger durch das Geäst. Wolf legt den Kopf schief, aber er macht keine Anstalten, aufzustehen. „Die Nachricht", erinnere ich ihn. „Die musst du da hinbringen. Lauf! Lauf!"

Emily seufzt. „Du glaubst nicht im Ernst, dass er das versteht, oder?“, fragt sie.

Emily kramt aus ihrer Tasche ein Leckerli und hält es Wolf unter die Schnauze. Aber bevor der auch nur das Maul aufmacht, hat Emily das Leckerli schon weit über den Busch geworfen. Klar, dass Wolf sofort aufspringt und hinterherflitzt.

„Hey, was macht denn der Hund da?“, höre ich Johanna rufen.

Ich stelle mich auf die Zehenspitzen und linse über das Gebüsch. Johanna hat ihre Haare wie immer zur Palme hochgebunden, wodurch sie viel größer wirkt, als sie tatsächlich ist. Sie steht zwischen zwei Skateboards, die das Tor markieren. Etwas weiter entfernt entdecke ich den langen, schmalen Alex, seine Hände hat er in die Hüften gestemmt. Und zwischen einer Handvoll anderer Kinder, die ich nur vom Sehen kenne, kann ich auch die rothaarigen Zwillinge ausmachen: Jule und Basti. Die fiesen Vier sind also komplett. Was uns dieses Mal gelegen kommt. Ich habe übrigens keine Ahnung, wie fies Jule und Basti wirklich sind. Fest steht, das sie alles machen, was die beiden Chefs ihnen sagen. Wirklich alles. Viel im Hirn können die also nicht haben.

Die Kinder unterbrechen ihr Fußballspiel und schauen sich ratlos an. Bei dem Riesentier auf dem Feld ist das auch kein Wunder. Alex macht ein paar Schritte auf Wolf zu, der sein Leckerli natürlich schon längst gefunden und verschlungen hat. Nun blinzelt er neugierig in der Gegend herum.

„Der Hund gehört doch dem Typen aus dem Wald!“, sagt irgendein Mädchen.

„Dann ist der bestimmt ausgebüxt.“

„Würde ich auch, wenn ich bei dem Hund wäre!“, ruft Johanna.

Während die anderen noch lachen, kniet Alex sich neben Wolf. Das kann doch nur bedeuten, dass er die Papierrolle an seinem Halsband entdeckt hat. Angespannt halte ich die Luft an.

„Alex“, sagt Basti leicht besorgt, „was machst du da?“

„Da ist was.“

„Ja“, sagt Johanna genervt. „Das nennt man Hund.“

„Ich meine am Hals –“

„Nennt man Kopf.“

Als die anderen losprusten, hat Alex genug. Ungeduldig reißt er das Papier ab. Wolf guckt ihn mit großen Augen an, als wolle er sagen: unhöflich! Du hättest doch fragen können! Wie beleidigt trollt Wolf ab, zu uns hinter die Büsche.

„Fein gemacht. Das hast du ganz fein gemacht", flötet Emily in dieser hohen Stimme, die für Hunde jeder Art reserviert ist.

Von wegen! Du solltest mal hören, wie ich mit Goldfischen spreche!

„Pscht", mache ich. Denn jetzt wird es richtig spannend. Immer noch auf dem Boden kniend, rollt Alex das Papier auf. Er liest, runzelt die Stirn, liest weiter, blickt auf, dann konzentriert er sich wieder auf das Blatt. Johanna stellt sich hinter Alex, um mitzulesen. Auch sie runzelt die Stirn. Dann blickt Alex über seine Schulter zu ihr hoch. Schweigend sehen sie sich an. In dem Moment würde ich echt alles dafür geben, Gedanken lesen zu können!

Mein Uropa konnte es! Also... angeblich.

22. Kapitel

An diesem Nachmittag vergeht die Zeit eindeutig langsamer als sonst. Wenn doch nur die verdammte Sonne endlich untergehen würde. Dann könnten wir bei der Trauerweide nachsehen, ob unser Plan aufgegangen ist.

Nachdem wir Wolf zurück zum Barfüßler gebracht haben, schlägt Emily vor, zur Ablenkung eine Runde Minigolf zu spielen. Aber als wir dann auf dem Platz stehen, ist keiner so richtig motiviert. Das scheint auch Pawel zu merken, der vorbeispaziert. An seinem Arm baumelt ein Korb.

„Wollt ihr mitkommen?", fragt er fröhlich über den Zaun.

„Nein, danke", sagt Jakub.

„Aber du weißt doch gar nicht, wohin."

Jakub verzieht das Gesicht. „Doch", sagt er. „In die Pilze."

Pawel wackelt beeindruckt mit dem Kopf.

„Mein Sohn weiß, was ich mag!“

„Wir alle wissen, was du magst“, sagt Emily.

Und das stimmt. Im Herbst ist Pawel eigentlich den ganzen Tag im Wald unterwegs. Auf der Suche nach Pfifferlingen und Maronen schlägt er sich unerschrocken durch das Unterholz. Ich glaube, es erinnert ihn an seine Kindheit. Dank seiner roten Mütze mit dem weißen Bommel sieht er dabei übrigens selbst aus wie ein Pilz. Allerdings wie einer, von dem man besser die Finger lässt.

Kaum ist Pawel in Richtung Wald verschwunden, bedaure ich, dass wir nicht mit ihm losgezogen sind. In den Pilzen wären wir sicher auf andere Gedanken gekommen. Aber Pawel ist Jakubs Vater. Das bedeutet, Jakub kann entscheiden, ob wir was mit ihm unternehmen. So handhaben wir das immer. Eine gute Regel, finde ich: Weil man von seinen eigenen Erziehungsberechtigten schließlich am dringendsten Ferien braucht.

Ich hätte ja nichts gegen mehr Zeit mit meinen Eltern …

Als wir am vorletzten Loch stehen, ist es endlich so weit. Emilys Handywecker klingelt. 18 Uhr! Auf einmal bin ich total aufgeregt. Denn spätestens jetzt legen die fiesen Vier den Schmuck in das Versteck.

Am liebsten würde ich sofort losrennen, um nachzuschauen, doch Jakub hält mich an der Jacke fest.

„Wir sollten ihnen genug Zeit lassen, wieder zu verschwinden“, meint er.

Keine schlechte Idee. Wenn wir den fiesen Vier über den Weg laufen, gibt das nur Ärger. Also warten wir noch ein paar ~~Minuten~~ Sekunden. Dann halten wir es nicht mehr aus und flitzen los.

Die Trauerweide ist mit Abstand der krasseste Baum, den ich kenne. Total hoch, mit langen Ästen, die ausladend nach unten hängen und eine Höhle bilden. Selbst jetzt, im Herbst, weil da immer noch jede Menge Blätter an den Bäumen sind. Einmal drin, ist man von außen kaum noch zu sehen. Genau das macht die Weide zum perfekten Versteck. Das Licht des Sonnenuntergangs lässt die verfärbten Blätter leuchten. Es sieht so schön aus, dass es mir für einen Moment die Sprache verschlägt. Während ich noch dastehe und staune, schlüpfen die anderen beiden schon zwischen den Ästen hindurch.

„Verdammter Mist!“

Jakubs Fluch reißt mich aus meiner Verzauberung. „So ein verdammter Kackmist!“

Ich muss unbedingt wissen, was meinen Kumpel so in Rage versetzt. Also schiebe auch ich die Äste wie einen Vorhang zur Seite und betrete die Höhle. Ein Blick und ich weiß, was Sache ist. Emily und Jakub lehnen niedergeschlagen am Baumstamm. Ihre Hände sind leer.

„Das Astloch", murmle ich. „Ihr habt nichts darin gefunden." Es ist eine Aussage. Keine Frage. Weil daran absolut kein Zweifel besteht. Unser schöner Plan ist nicht aufgegangen. Es ist wirklich ein verdammter Riesenkackmist!

Emily lacht kurz auf. Es klingt bitter. „Doch", sagt sie. „Natürlich haben wir was gefunden. Vermodertes Zeug. Moos. Einen toten Borkenkäfer." Emily macht eine Pause und als sie weiterspricht, klingt ihre Stimme merkwürdig. „Wie soll ich das meiner Granny erklären? Das ist –" Emily bricht ab.

Ich mache den Mund auf, weil ich etwas Tröstendes sagen will. Irgendwas. Doch mir fällt nichts ein. Als ich Hilfe suchend zu Jakub blicke, bemerke ich die raschelnden Blätter hinter ihm. Ich runzle die Stirn. Entweder es ist überraschend ein Sturm aufgekommen. Oder aber wir kriegen Besuch ...

23. Kapitel

Ich finde Johanna noch viel fieser.

Dann steht er auf einmal da, mitten in unserer Höhle: Alex! Der Fieseste der fiesen Vier. Unbewusst nehme ich eine Verteidigungshaltung ein. Oder zumindest das, was ich mir darunter vorstelle. Es ist echt nicht zu fassen: Wir haben uns mit unserem schönen Plan selbst eine Falle gestellt! Und was für eine! Unter der Weide sind wir einem Angriff total ausgeliefert. Was immer hier passiert, niemand kriegt es mit. Bestimmt sind wir längst umzingelt.

„Ich ... äh, bin allein gekommen“, sagt Alex, als könne er Gedanken lesen.

„Schon klar“, sage ich. Verarschen können wir uns selbst.

„Nee, echt wahr“, beharrt Alex und knetet seine Fäuste. Ich muss schlucken. Garantiert macht er sich bereit für das große Vermöbeln.

Emily lässt sich nicht so schnell beeindrucken.

„Dann hast du dich also nur in der Zeit vertan, oder was?“, fragt sie mit vor der Brust verschränkten Armen. „Ihr solltet den Schmuck vor achtzehn Uhr ins Versteck legen.“

Alex blickt zu Jakub, der als Einziger noch nichts gesagt hat. Mir fällt wieder ein, wie Alex an Pfingsten Witze über Jakubs Schwerhörigkeit gemacht hat. Was mit einer blutigen Nase endete – für Alex. Ich hoffe, er erinnert sich noch gut daran. Denn Prügeleien sind nichts für mich. Ich bin dafür eindeutig zu friedfertig.

„Die Sache ist die“, sagt Alex. „Wir ... wir haben euren Schmuck nicht.“

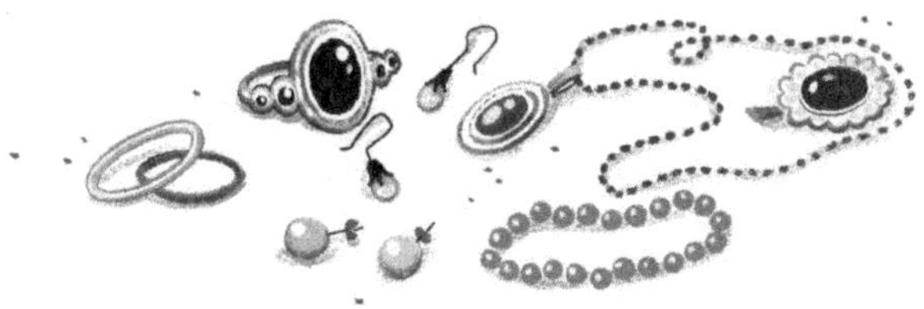

„Wie bitte?“

Alex nickt. „Wer immer euch bestohlen hat: Wir waren es nicht. Ehrlich gesagt, weiß ich ja noch nicht mal, was genau passiert ist. Habt ihr den Schmuck einfach so rumliegen lassen oder was?“

Hä, wieso denn rumliegen? Entweder Alex ist ein guter Schauspieler oder er weiß wirklich nichts von der ganzen Aktion mit der Schatzkiste.

„Was wolltet ihr damit eigentlich?", fragt er weiter. „Und weiß Emilys Oma, dass ihr den Schmuck hattet?"

„Das geht dich gar nichts an!", ruft Emily wie aus der Pistole geschossen. „Außerdem glaube ich dir sowieso kein Wort!"

„Wer ist es eurer Meinung nach denn gewesen?", frage ich Alex und tue ehrlich interessiert. „Der Weihnachtsmann? Der Osterhase?"

Alex zuckt mit den Schultern. Erleichtert stelle ich fest, dass sich seine Hände entspannt haben. Vielleicht hat er sich das mit dem Vermöbeln doch anders überlegt.

„Keine Ahnung", murmelt Alex. „Ist mir ehrlich gesagt alles auch völlig egal. Mir ist nur wichtig, dass niemand Unschuldiges verdächtigt wird."

„So wie ihr", sagt Jakub langsam.

„So wie wir. Genau."

Die beiden sehen sich jetzt direkt in die Augen. Sie halten den Blick. Eine Sekunde, zwei. In dem Moment scheint die Luft zwischen den beiden zu sirren, ein Schauer läuft mir über den Rücken. Als ich glaube, die Anspannung keine Sekunde länger aushalten zu können, ist der Spuk auch schon wieder vorbei. Alex wendet den Blick ab.

Punkt, Satz und Sieg für Jakub!

„Da sind Johanna und ich letztes Jahr hochgeklettert", sagt er mit einer Nickbewegung zur Baumkrone. „Bis ganz nach oben."

Aha. Ehrlich gesagt, habe ich keine Ahnung, was diese Information soll. Will Alex uns damit sagen, wie krass sie sind? Das wusste ich schon vorher. Krass bescheuert, nämlich.

Der wollte das Thema wechseln. Weil er VERLOREN hat. Verlooooren.

„Ganz nach oben?", wiederholt Jakub skeptisch. Sportlich, wie er ist, kann er so was am besten einschätzen.

„Schaut halt nach, wenn ihr euch traut", sagt Alex. „Am höchsten Punkt haben wir eine Feder in die Rinde geritzt."

Na klar! Ohne ihr bescheuertes Erkennungszeichen machen die fiesen Vier es natürlich nicht.

Plötzlich scheint Alex zu merken, dass er sich schon viel zu lange mit uns unterhält. Er räuspert sich verlegen. „Also, ähm. Eigentlich wollte ich nur das mit dem Schmuck klarstellen. Ich geh dann mal wieder. Und ich wäre euch echt dankbar, wenn ihr noch ne Weile hier bleibt. Mit Typen wie euch will ich nicht gesehen werden."

„Da haben wir ja doch was gemeinsam", sagt Emily trocken.

24. Kapitel

Kaum ist Alex aus der Blätterhöhle verschwunden, platzt es aus Emily heraus.

„Was war das denn bitte für ein Auftritt?“, ruft sie. „Von wegen: Wir haben den Schmuck nicht! Der hat ja wohl schlecht gelogen.“

Jakub schüttelt den Kopf. „Der hat nicht schlecht gelogen“, sagt er. „Der hat gar nicht gelogen.“

„Was?“

Ich bin fassungslos. Von uns dreien hat Jakub am meisten Ahnung von Körpersprache und Mimik. Da muss er doch gemerkt haben, wie nervös Alex war.

„Klar war der nervös“, gibt Jakub mir recht. „Aber nicht, weil er gelogen hat. Sondern weil er mit uns allein war. Stell dir das mal vor: Ausnahmsweise waren wir mal in der Überzahl.“

Okay, das leuchtet mir ein.

Auch Emily kommt ins Nachdenken. „Nur mal angenommen, du hast recht“, setzt sie an. „Warum hat Alex sich freiwillig in diese Lage gebracht? Wieso war es ihm so wichtig, uns zu sagen, dass sie unschuldig sind? Das war doch riskant!"

Jakub zuckt mit den Schultern. „Leider kann ich nicht in das Spatzenhirn reingucken. Vielleicht wollte er einfach nur nett sein. Damit wir keine Zeit mit der falschen Fährte verlieren."

„Das glaubst du ja wohl selbst nicht!"

Jakub grinst. „Vielleicht hatte er auch Schiss, dass wir die Polizei auf sie ansetzen."

„Aber wenn sie unschuldig sind, kann ihm das doch egal sein", wende ich ein.

„Ist bestimmt trotzdem verdammt unangenehm, verhört zu werden."

So geht es hin und her, bis mir der Kopf raucht. Ich weiß nicht mehr, was ich glauben soll. Haben die fiesen Vier nun was mit der Sache zu tun, oder nicht?

Auf einmal fällt es mir wie Schuppen von den Augen. Beweise, das ist es! Bislang haben die fiesen Vier bei all ihren Aktionen ihr bescheuertes Erkennungszeichen hinterlassen. Selbst oben in den Baum haben sie ja offenbar eine Feder reingeritzt. Das heißt:

Wenn sie unsere Schatzkiste leer geräubert hätten, hätten sie uns garantiert eine Feder dagelassen. Weil sie vor lauter Stolz gar nicht anders können. Aber da war keine! Das überzeugt nun auch Emily. Erst jetzt wird mir klar, dass wir den Tatort gar nicht gründlich untersucht haben. Ich meine, eine Rabenfeder wäre uns schon aufgefallen ... Aber vielleicht sind am Tatort ja irgendwelche anderen Spuren? Irgendwas, das uns zum richtigen Täter führt?

So kommt es, dass wir uns noch mal zwischen den beiden Kiefern am Rand der Liegewiese umsehen. Wie erhofft, sind die Schatzsucher alle abgezogen. Einzig die vielen Löcher erinnern noch daran, was hier in der letzten Zeit los war. Wie friedlich es jetzt ist! Nur Knorke und Frieder treiben sich noch auf der Wiese herum; sie sind damit beschäftigt, die Löcher wieder zuzuschütten.

„Voll nett, dass sie Berta helfen", findet Jakub. „Bestimmt würden die viel lieber angeln. Oder Knorkes Wohnwagen weiter auf Vordermann bringen."

Aber so ist das eben im Hollercamp. Man hilft sich, wo man kann. Nur wir sind in unserer brisanten Angelegenheit ganz auf uns allein gestellt.

Und das ist auch besser so. Gründlich durchforsten wir das Laub und drehen jeden Kieselstein zweimal um – ohne Ergebnis.

Bleibt nur noch die Schatzkiste selbst. Vielleicht haben wir da ja etwas übersehen? Doch bevor wir die Kiste in Augenschein nehmen können, kommt uns das Abendessen dazwischen. Und das wird selbst im Hollercamp pünktlich serviert.

Eine Stärkung war längst überfällig!

25. Kapitel

Wir sitzen gemütlich am Tisch unter der Lichterkette in Mabels Vorgarten, wo Pawel seine berühmte Pilzpfanne serviert. Die Erwachsenen reden über die Schatzsucher und genehmigen sich eine Flasche Rotwein.

„Da hier alles wieder beim Alten ist, kann ich am Wochenende beruhigt in die Stadt fahren", meint Mabel.

„Stimmt, du gehst ja in die Oper!", erinnert sich meine Mutter und seufzt sehnsuchtsvoll. „Mensch, ich beneide dich! Einmal raus aus der wasserabweisenden Funktionskleidung und rein ins schicke Abendkleid! Weißt du schon, was du anziehst?"

Emily stöhnt. Für Klamotten interessiert sie sich nicht besonders. Doch auf Mabels Gesicht breitet sich ein Strahlen aus. Sie beginnt, ihr Outfit lang und breit zu beschreiben, angefangen bei den Absätzen ihrer Schuhe. Als sie eine halbe Ewigkeit

Ich korrigiere:
kein bisschen

später endlich bei den Haarklammern ankommt, ist Emily schon halb weggedämmert. Da steht Mabel plötzlich auf.

„Weißt du was“, sagt sie und legt ihre Serviette auf den Tisch. „Ich werde es dir jetzt vorführen!“

Vorführen? Vor lauter Schreck verschlucke ich mich fast an einem Pfifferling. Meine Mutter, die davon nichts mitkriegt, klatscht begeistert in die Hände.

„Ich bin gleich wieder da!“, flötet Mabel und verschwindet in Richtung Wohnwagen.

„Au ja“, murmelt Emily matt. Keine Sekunde später brüllt sie etwas, das ganz ähnlich klingt: „Aua!“

Das ist meine Schuld. Ich habe ihr gegen das Schienbein getreten. Zugegeben, nett ist was anderes. Doch in dem Moment weiß ich mir einfach nicht anders zu helfen. Ich brauche ihre volle Aufmerksamkeit. Und zwar sofort. Emily funkelt mich böse an.

„Sag mal, spinnst du?“

„Hast du nicht mitgekriegt, was hier los ist?“, zische ich.

„Deine Oma macht eine Modenschau.“

„Ja, und?“ Emily zuckt gelangweilt mit den Schultern.

Hilfe suchend blicke ich zu Jakub. Der hat zum Glück kapiert, was sich hier anbahnt. „Deine Oma wird ihr Outfit für die Oper anziehen“, erklärt er Emily, während er ihr fest in die Augen sieht. „Und dazu gehören ganz sicher auch ... äh ... gewisse Accessoires.“

Das letzte Wort betont Jakub besonders. Ich kann fast hören, wie es bei Emily Klick macht. Erschrocken greift sie nach meiner Hand.

„Granny darf die Schmuckschatulle nicht öffnen“, sagt sie fast tonlos. „Unter keinen Umständen.“

Schon klar. Das Problem ist nur: Wie sollen wir das verhindern? Mein Hirn ist wie leer gefegt. Ich kann nur dasitzen und zugucken, wie das Unglück seinen Lauf nimmt.

Mabel erscheint vor dem beleuchteten Fenster ihres Wohnwagens. Sie trägt schon ihr grünes Kleid. Dass sich eine so alte Frau so schnell umziehen kann! Auf ihrem Kopf sitzt ein kleiner Hut. Bestimmt trägt sie auch schon ihre Absatzschuhe. Es fehlt nur noch der Schmuck. Als Mabel aus meinem Sichtfeld verschwindet, bricht mir der Schweiß aus.

So alt ist sie nun auch wieder nicht!

Weil ich weiß, dass sie jetzt zur Kommode geht, auf der die Schatulle steht. Die leere Schatulle. Es handelt sich nur noch um Sekunden. Ich schließe die Augen und warte auf den Schrei.

26. Kapitel

Mir platzt fast das Trommelfell. Allerdings schreit nicht Mabel. Sondern alle anderen. Weil man das halt macht, wenn ein üppig gedeckter Tisch zusammenklappt. Genau das ist nämlich gerade passiert. Der Tisch liegt im Gras – samt allen Leckereien. Wie gut, dass man als Camper kein Porzellan benutzt. Die Sauerei ist trotzdem groß. Die Pilzpfanne, eine Platte Tomate-Mozzarella und unzählige Brotscheiben liegen überall verteilt herum. Es sieht aus, als hätte sich ein gefräßiger Riese übergeben.

Und ganz genau genommen, hast du sogar mitgeschrien.

Meine Hose, mein Hemd, alles ist voller Schokocreme. Mabel kommt aufgeregt aus dem Wohnwagen gelaufen.

„Oh my God!", ruft sie und schlägt die Hände über dem Kopf zusammen. „Wie ist denn das passiert?"

Gute Frage.

Was für eine Frage!

„Irgendwie ist der Tisch zusammengeklappt", sage ich und überlege, ob ich mein Shirt lieber abwischen oder ablecken soll.

„Nee", widerspricht mir mein Vater. „Ein Tisch klappt nicht einfach so zusammen. Jemand hat gegen das Bein getreten!"

Etwa ... mit Absicht?

Ich blicke zu Jakub, der aufmerksam seine Schuhe betrachtet. Moment – irre ich mich, oder verkneift er sich ein kleines Lächeln? Das kann doch eigentlich nur eines bedeuten ... Emily schiebt mir ihren Ellenbogen in die Seite und reißt vielsagend die Augen auf. Sie hat es also auch geschnallt: Jakub ist unser Retter in letzter Sekunde!

„Äh, ich glaube, ich muss euch etwas beichten", murmelt unser Retter jetzt und klingt total schuldbewusst. „Da ist eben was an meinem Fuß vorbeigehuscht und ich dachte, das ist ne Ratte. Vor lauter Schreck habe ich gekickt und ... äh ... dann lag der Tisch auch schon da. Tut mir leid."

Jakub wird direkt verziehen.

Pawel tätschelt seinem Sohn die Schulter. „Du hast deine große Kraft einfach noch nicht richtig im Griff", sagt er. Jakub nickt betroffen. „Hat mit dem Wachstum zu tun. Ging mir in deinem Alter nicht anders."

Als es ans gemeinsame Aufräumen geht, können wir nicht anders. Wir müssen Jakub einfach ein bisschen aufziehen.

„Achtung, Jakub!", ruft Emily. „Da ist ein riesiger Gesteinsbrocken. Bitte, zermalme ihn nicht mit deiner großen Kraft!"

„Jetzt sei doch mal nicht so streng mit ihm", sage ich. „Das hat mit dem Wachstum zu tun."

Jakub lassen unsere Sprüche kalt. „Kann doch was dran sein", sagt er und zuckt mit den Schultern. „Spiderman musste schließlich auch erst lernen, mit seinen Kräften umzugehen."

Emily reißt die Augen auf. „Moment. Hast du dich gerade allen Ernstes mit einem Superhelden verglichen?"

Jakub grinst.

„Zumindest war meine Idee super", sagt er leise, damit es die Erwachsenen nicht hören. „Damit habe ich uns den Arsch gerettet."

Und wo er recht hat, hat er recht.

27. Kapitel

Nach all der Aufregung verschieben wir die Inspektion der Schatzkiste auf den nächsten Tag. Im Hellen lässt sich sowieso besser nach Spuren suchen.

Gleich nach dem Frühstück schleppen wir die Kiste in Bertas Geräteschuppen, um sie geschützt vor neugierigen Blicken in Ruhe zu untersuchen.

Wie auch immer er das geschafft hat, ohne sich den Finger zu quetschen!

Jakub klappt die Kiste auf und begutachtet sie von allen Seiten. „Was haben wir denn hier?", ruft er plötzlich.

Ich kneife die Augen zusammen. Tatsächlich, da ist was! Zwischen dem roten Stoffbezug und dem Holz steckt eine blaue Büroklammer. Jakub pult sie heraus und hält sie triumphierend in die Luft. Auf

einmal bin ich ganz aufgeregt. Denn eines ist klar: Von uns ist die Büroklammer definitiv nicht. Die muss also der Täter verloren haben.

Das nenne ich mal eine super Spur. Die Frage ist nur ... wohin führt sie?

„Zum Lädchen“, sagt Emily völlig unvermittelt.
„Hä?“, mache ich.
„Lasst uns zum Lädchen gehen“, sagt Emily. „Wir kaufen Snacks! Was unsere grauen Zellen jetzt brauchen, ist Zucker.“ Emily ist schon losgelaufen. „Ich lade euch ein!“, ruft sie über ihre Schulter zurück.
Da setzen auch Jakub und ich uns in Bewegung. Süßes geht meistens. Und Süßes für umsonst sowieso immer.

Im Lädchen ist viel los. Die meisten kaufen sich erst jetzt Brötchen und Croissants fürs Frühstück. Dagegen sind wir ja mal richtige Frühaufsteher! Als Emily drei Schokoriegel und eine Tüte Gummibärchen auf den Tresen legt, erntet sie von Berta einen missmutigen Blick.

Tja, der frühe Vogel fängt den Gangster.

„Weiß dein Zahnarzt, was du da tust?“, fragt sie.
„Ich hab eine Zahnärztin“, antwortet Emily fröhlich. „Und bei der tut Bohren kein bisschen weh.“
Berta verzieht das Gesicht. „Na dann. Macht 4,80.“
Auf der Suche nach Kleingeld durchwühlt Emily ihre vielen Taschen. Jakub und ich kennen das schon. Genauso wie Berta. „Kann sich nur um

Stunden handeln", ruft sie den Kunden hinter uns zu und schnappt sich ihr Heft mit den Sudokus. Was Emily mit sich herumschleppt, ist wirklich unglaublich. Der Reihe nach landet auf dem Tresen: ein grünes Stück Bindfaden, ein Handy, drei Bonbonpapiere, ein Schweizer Taschenmesser, ein Kassenzettel, ein leeres Schneckenhaus, ein Penny, vier flache runde Steine, eine Handvoll Hundeleckerli, ein zerknitterter 10-Rupien-Schein, eine halbe Rolle Pfefferminzdrops, noch ein Penny, ein Haargummi, eine Batterie, ein Knochen – ein KNOCHEN? –, eine Sicherheitsnadel, ein Gutschein für eine Kugel Eis ...

perfekt zum Über-Wasser-Springen-Lassen

Ist aus der Tierhandlung. Für Wolf!

Wie immer kann ich nicht anders, als die Dinge zu sortieren. Nach Nutzen und Funktion. Während Emily immer mehr hervorkramt, schiebe ich alles zu sinnvollen Stapeln zusammen. Elektronik zu Elektronik. Essbares zu Essbarem. Müll zu Müll.

Hey!

Als Emily die Büroklammer von vorhin dazulegt, habe ich eine Idee. Ich staple alles, was aus Papier ist, aufeinander und fixiere es mit der Klammer. Ein cleverer Ordnungskniff, den ich erst kürzlich irgendwo gesehen habe. Dann taucht in Emilys neunundachtzigster Tasche endlich ein 5-Euro-Schein auf.

Berta stöhnt erleichtert auf. Ich bin mir sicher: Eine Sekunde später und sie hätte uns aus ihrem Laden geworfen!

Die kleine Holzbank vor dem Lädchen steht direkt in der Sonne. Der perfekte Platz für unser zweites Frühstück. Es ist so warm, dass ich meine Fleecejacke ausziehe. Würden nicht überall diese bunten Blätter herumliegen, könnte man glatt vermuten, dass noch Sommer ist. Nachdem Emily die Schokoriegel verteilt hat, hält sie uns die Gummibärchentüte unter die Nase. Aber ich greife nicht zu. Ich bin mit Nachdenken beschäftigt. Irgendwas lässt mich nicht los ... wenn ich nur wüsste, was.

„Zeigst du mir noch mal, was du in den Taschen hast?", bitte ich Emily.

„Wie heißt das Zauberwort?", fragt sie mit vollem Mund zurück.

„Dalli, dalli!"

Lachend beginnt Emily, ihre Hosentaschen auszuräumen. Bei jedem Ding schüttle ich ungeduldig den Kopf. Bis ich auf einmal „Das ist es!" brülle. Emily, die gerade das mit der Büroklammer fixierte Papierbündel in den Händen hält, blickt verdutzt auf.

„Der olle Papierkram?“, fragt sie. Womit sie selbst zugibt, dass das Zeug genauso gut in die Tonne könnte.

Gar nicht!

„Nee!“, rufe ich. „Die Klammer!“ Meine Stimme überschlägt sich fast. „Wo habt ihr die schon mal gesehen?“

„Ähm. In unserer Schatzkiste?“

Ich wische ihre Antwort mit einer Handbewegung weg. „Ich meine: davor!“

„Davor?“

„Anders gefragt: Wo habt ihr schon einmal gesehen, dass eine Büroklammer auf diese spezielle Weise benutzt wurde?“

„Ach, das meinst du“, sagt Jakub. „Na, bei Frieder. Der hält seine Geldscheine so zusammen.“ Er macht eine kleine Pause. „Als er im Lädchen das fette Bündel gezückt hat, sind mir fast die Augen aus dem Kopf gefallen. Lauter 100-Euro-Scheine! Die Klammer war genauso blau wie unsere.“

In dem Moment, in dem er das ausspricht, kapieren Emily und Jakub die Tragweite dessen, was er da sagt: War die Klammer wirklich genauso blau wie unsere? Oder ... kann es ein- und dieselbe sein?

28. Kapitel

Mir schwirrt der Kopf. Frieder? Der nette, hilfsbereite Frieder mit den lustigen Shirts soll sich an unserer Kiste zu schaffen gemacht haben? Ich kann es nicht fassen. Die Indizien sprechen allerdings dafür. Wobei ich wohl eher sagen sollte: das Indiz. Denn bisher haben wir leider nur eines. Und jetzt mal ganz ehrlich: Eine Büroklammer ist kein Fingerabdruck. Was wir brauchen, sind richtige Beweise. Das sehen Emily und Jakub genauso. Deshalb beschließen wir, Frieder zu beschatten.

Allerdings ist das leichter gesagt als getan. Denn Frieder verbringt den sonnigen Herbsttag damit, gemeinsam mit Knorke dessen Wohnwagen zu renovieren. Wir liegen in sicherer Entfernung im Gras und beobachten die beiden mit einem Fernglas. Erst stellen sie in Frieders Vorgarten einen riesigen Tapeziertisch auf und dann rühren sie Kleister an. So weit, so harmlos.

Du meinst:
So weit, so öde.

Irgendwann beginne ich, nach vierblättrigen Kleeblättern Ausschau zu halten. Leider ohne Erfolg. Nach einer gefühlten Ewigkeit dreht Emily sich genervt auf den Rücken.

„Leute, worauf warten wir eigentlich?“, fragt sie. „Dass Frieder sich die Halskette von meiner Granny umhängt? Das wird er wohl kaum tun.“

Auch wieder wahr. Wir müssen die Sache anders angehen.

„Wir sollten versuchen, an Frieders Geld zu kommen ...“, beginnt Emily.

„Äh, Einwand!“, protestiere ich. Auch Jakub findet, dass wir nicht einen Diebstahl mit einem anderen vergelten dürfen.

Emily wirft uns einen empörten Blick zu.

„Das hatte ich auch gar nicht vor! Denkt doch mal mit: Wir gehen aktuell davon aus, dass die blaue Klammer, mit der Frieder seine Geldscheine zusammenhält, bei dem Diebstahl in unsere Schatzkiste gefallen ist. Wenn das stimmt, dann hat er die Scheine jetzt irgendwie anders fixiert. Womit seine Schuld quasi bewiesen wäre!“

„Aber was, wenn er dafür einfach wieder eine Büroklammer genommen hat?“, fragt Jakub.

Emily zuckt nur mit den Schultern. „Und die ist dann ausgerechnet auch blau, oder was? Die Wahrscheinlichkeit halte ich für ziemlich gering."

Das stimmt allerdings. Wir sind hier schließlich auf einem Campingplatz und nicht in einem Großhandel für kunterbunten Bürobedarf. Außerdem hat Emily ja nicht behauptet, dass wir Frieder damit schon dingfest machen können. Es wäre nur ein weiteres Indiz. Und damit genau das, was wir brauchen!

29. Kapitel

Endlich passiert das, worauf ich gehofft hatte: Ich entdecke ein vierblättriges Kleeblatt. Direkt vor meiner Nase. Im gleichen Moment zieht Frieder seine Weste aus. Zufall? Wohl kaum.

Vermutlich schwitzt er einfach!

„Komm schon", murmelt Jakub. „Häng das Ding an den Zaun. An den Zaun." In der Tat wäre das ideal. Dann könnten wir unauffällig daran vorbeispazieren und beherzt in die Tasche greifen. Doch leider bleibt Jakubs Beschwörung erfolglos. Frieder legt seine Weste neben sich auf den Tapeziertisch.

„Und jetzt?", fragt Jakub. Er klingt etwas entmutigt.

„Ich regle das", sage ich. Mit einem lässigen Zwinkern stehe ich auf. Die anderen sehen mich überrascht an. Kein Wunder. Sie wissen ja nicht, was ich soeben von der Wiese gepflückt und in meine Jackentasche gesteckt habe. Es hat auch gar keinen Sinn, ihnen von dem Kleeblatt zu erzählen. Jakub und Emily halten solche Glücksboten für

Quatsch. Mir kann es egal sein. Ich werde mich jetzt aufmachen, um Frieder in eine kleine Unterhaltung zu verwickeln und dabei ganz nebenbei seine Westentasche zu durchforsten. Unbemerkt, versteht sich.

„Na, willst du dein Taschengeld aufbessern?“, ruft Frieder mir über den Zaun zu, sobald ich in Sichtweite bin. In der Hand hält er eine triefende Kleisterrolle. „Wir könnten etwas Hilfe gebrauchen.“

Kurz denke ich darüber nach, ob das vielleicht eine gute Alternative wäre. Wenn Frieder nach etwas Plackerei sein Geldbündel freiwillig zückt, muss ich nichts tun, was sich nicht gehört. Andererseits sieht das, was die beiden da machen, echt anstrengend aus. Und wir haben keine Zeit zu verlieren. Also beschließe ich, bei meinem Plan zu bleiben. Auch wenn er zugegebenermaßen etwas riskanter ist.

Schön formuliert.

„Eigentlich wollte ich dich nur fragen, wo es diese coolen T-Shirts gibt.“

Frieder strahlt, als er an sich herunterschaut. *Camping macht schön* steht in blauen Buchstaben auf dem knallroten Oberteil, das sich über sein kleines Bäuchlein spannt.

„Stell dir vor: Die lasse ich selbst drucken“, sagt er.

„Echt wahr?“

Frieder nickt stolz.

Damit hätte ich jetzt nicht gerechnet. Ich bin so beeindruckt, dass ich fast mein eigentliches Vorhaben vergesse. Aber nur fast. Langsam schiebe ich mich zwischen Frieder und seine Weste. Meine Hände habe ich im Opa-Style hinter dem Rücken verschränkt. So kann ich mich unbemerkt an die Taschen herantasten. Doch das ist schwieriger als gedacht. Zuerst fasse ich nur ins Leere. Da hilft mir auch der Klee mit den vier Blättern nicht weiter. Vier Augen bräuchte ich. Zwei davon in meinem Hinterkopf.

„Und kann man die Shirts auch kaufen?“

„Klar!“ Frieder nickt. „Ich hab einen eigenen Shop.“

Ich lehne mich leicht nach hinten. Endlich bekomme ich die Weste zu fassen. Und da ist auch die Tasche.

„Und ... äh ... was kosten die so?“

Frieder zuckt mit den Schultern. „Kommt aufs Motiv an“, sagt er. „Freunde kriegen einen Freundschaftspreis. Und Langfinger eins auf's Maul.“

Ich erstarre. „Wie ... wie bitte?“

Frieder lächelt ungerührt. „Schon richtig gehört", sagt er.

Bevor ich reagieren kann, hat er sich auch schon nach vorne gebeugt und mein Handgelenk geschnappt.

„So war das mit dem Taschengeld aufbessern übrigens nicht gemeint!", sagt Frieder.

Ich versuche, mich aus seinem Griff zu befreien, aber er lässt nicht locker.

„Ich ... äh –"

„Du ... äh was?"

„Ich meine, es ist nicht so, wie es aussieht."

„Schon klar. Das ist es nie."

In dem Moment spaziert Bighead am Zaun vorbei. Ausgerechnet Bighead! Weil er im echten Leben Polizist ist, spielt er sich im Hollercamp auch immer wie einer auf. Total ätzend und unnötig. Und in meinem konkreten Fall auch äußerst unangenehm. Als Bighead uns in dieser starren Halb-Umarmung sieht, will er natürlich wissen, was los ist.

„Der Junge hat gerade in meine Tasche gelangt", sagt Frieder. Endlich lässt er mich los und fügt spöttisch hinzu: „Es ist aber nicht so, wie es aussieht. Das Ganze war offenbar nur ein Versehen."

Bighead runzelt die Stirn. „Sicher?“, fragt er, an uns beide gerichtet.

Ich beeile mich zu nicken. „Ich habe nur die Weste verwechselt.“

„Er hat nur die Weste verwechselt.“ Zu meiner großen Überraschung wiederholt Frieder die wohl schlechteste Ausrede der Welt. Und dann legt er sogar noch eines drauf: „Wenn der Junge tatsächlich klauen würde, wäre hier auf dem Platz sicher schon öfter mal was weggekommen.“

„Hier ist noch nie was weggekommen!“, ruft Bighead und schüttelt entschieden den Kopf. „Nicht, seit ich hier bin!“, sagt er. Das klingt, als wäre das allein ihm zu verdanken.

„Na, falls es doch mal vorkommt, wissen wir ja jetzt, wen wir fragen müssen“, sagt Frieder. Dabei tätschelt er mir fast liebevoll den Hinterkopf.

30. Kapitel

Ich bin ziemlich durch den Wind. Das merke ich, als ich Emily und Jakub berichte, was eben passiert ist. Die beiden können es kaum fassen. Aus der Entfernung sah das Ganze offenbar aus wie eine nette Unterhaltung.

„Scheiße“, flucht Emily. „Hätten wir bemerkt, was los ist, hätten wir dir geholfen!“

Ich winke ab. „Ihr hättet sowieso nichts machen können.“

„Und ob!“, widerspricht Jakub. „Ein gezielter Tritt gegen das Schienbein wirkt Wunder!“

Da muss ich lachen. Bis mir wieder einfällt, wie sinnlos die ganze Aktion war. Noch bevor ich rausfinden konnte, ob in Frieders Tasche nun eigentlich eine Büroklammer steckt, hatte er mich schon erwischt.

„Der Verdacht gegen ihn hat sich trotzdem erhärtet“, meint Emily.

„Warum?“ Ich werfe ihr einen zweifelnden Blick zu.

„Leon, checkst du es echt nicht? Wenn wir den Schmuck nicht wieder auftreiben, wissen bald alle, dass ein Dieb im Hollercamp zugeschlagen hat. Frieder hat eben sichergestellt, dass der Verdacht dann sofort auf dich fällt. Und schon ist der wahre Täter fein raus!“

Das klingt ziemlich ... logisch. Verdammt! Auf einmal wird mir so einiges klar. Deshalb hatte ich nicht das Gefühl, dass Frieder sich über mich ärgert. Weil ich ihm in Wahrheit einen Gefallen getan habe. Wenn das wirklich stimmt, stecke ich bis zum Hals in der Scheiße. Das kann man gar nicht anders sagen.

Könnte man schon. Ist aber nicht so poetisch.

„Ich besuch dich im Knast, Kumpel“, verspricht Jakub, während Emily mir tröstend über das Knie streicht. Mein Blick bleibt an ihrem Zeigefinger hängen. Sie hat tatsächlich einen Bluterguss von dem Schnappverschluss der Schatzkiste bekommen. Ein Bild durchzuckt mein Hirn. Frieder! Der hatte ein Pflaster! Auch am Zeigefinger. An der gleichen Stelle. Da hatte wohl noch jemand eine unsanfte Begegnung mit unserer Schatzkiste.

Indizien haben wir für meinen Geschmack langsam genug. Was uns weiterhin fehlt, sind Beweise. Den Rest des Tages grübeln wir darüber nach, wie wir Frieder eine Falle stellen können. Leider ohne Erfolg. Die Sonne ist längst untergegangen, als wir einsehen müssen, dass wir das Problem heute nicht mehr lösen werden. Unsere kleinen grauen Zellen brauchen dringend Erholung.

„Morgen haben wir bestimmt eine richtig gute Idee", ruft Emily optimistisch, bevor sie im Vorzelt verschwindet.

„Auf jeden Fall!", ruft Jakub zurück.

So viel Zuversicht ist ansteckend. Deshalb bin ich in dem Moment auch davon überzeugt, dass alles gut wird. Doch wir haben unsere Rechnung ohne Frieder gemacht.

31. Kapitel

Die blödeste Art, geweckt zu werden, ist ein nasser Waschlappen im Gesicht. Die zweitblödeste eine geklaute Bettdecke. Ganz dicht dahinter kommt, wenn dir „Aufstehen! Aufstehen! Aufstehen!“ ins Ohr gebrüllt wird. Und zwar von Menschen, die bis zu genau diesem Zeitpunkt deine besten Freunde waren.

Au, mein Herz!

Was soll das überhaupt? Ich bin so verärgert über den unsanften Weckruf, dass ich mich weigere, meine Augen zu öffnen. Demonstrativ drehe ich mich zur Seite.

„Leon, hast du nicht gehört?“, ruft Emily und rüttelt an meiner Schulter. „Der Dieb flüchtet!“

Ich schnaube empört. Das ist bestimmt nur ein mieser Trick, um mich aus dem Bett zu kriegen. Oder ... könnte da vielleicht was dran sein? Langsam drehe ich mich wieder um und blinzle meine ehemaligen Freunde aus einem Auge an. Ein Auge scheint mir ein guter Kompromiss.

„Frieder ist vor zehn Minuten abgedampft!", beteuert Jakub. „Mit Rucksack."

„Jetzt sind es allerdings schon elf Minuten", meint Emily.

Ich runzle die Stirn. Mit einem Rucksack? Auf einmal ist meine Müdigkeit wie weggeblasen. Die Chancen stehen hoch, dass Frieder den Schmuck beiseiteschaffen will. Weil er ganz genau weiß, dass wir die Spur aufgenommen haben.

„Wo will er damit wohl hin?", murmle ich.

Emily stöhnt genervt. „Keine Ahnung! Wir müssen hinterher. Also, raus aus den Federn!"

Jetzt tut sie es doch: Sie zieht mir die Bettdecke weg. Und ich kann es ihr in dem Moment nicht mal übel nehmen.

Hatten leider keinen nassen Waschlappen ...

Wir nehmen die Verfolgung auf. Frieder ist zu Fuß losgezogen, wir haben Fahrräder – zum Glück. Wenn er den Waldweg nicht verlassen hat, um den Schmuck irgendwo im Dickicht zu verstecken, haben wir ihn bald eingeholt. Aber dann dauert es doch länger als gedacht. Weil uns die fiesen Vier über den Weg laufen.

Die haben echt ein Gespür für den unpassendsten Zeitpunkt. Breitbeinig stellt sich Johanna uns in den Weg. Die anderen tun es ihr nach. Da bleibt uns nichts anderes übrig, als auf die Bremse zu steigen.

„Wohin so eilig?“, fragt Johanna mit ihrer Fieslingstimme.

„Geht euch das was an?“, frage ich zurück.

„Uns geht hier alles was an!“

Als Emily versucht, sich an den fiesen Vier vorbeizudrängeln, greift Jule nach ihrem Lenker. Einen Augenblick bin ich echt verdutzt, dass ausgerechnet die Kleinste sich das traut. Nicht auszudenken, was hier los ist, wenn die erst mal so alt ist wie ihre Anführer.

„Wo wollt ihr überhaupt hin?“, dreht Jakub den Spieß um. „Im Hollercamp habt ihr nichts verloren.“

„Stimmt“, gibt Alex ihm recht. „Wenn ich mich richtig erinnere, seid ihr ja diejenigen, die was verloren haben ...“

Er bricht in gemeines Lachen aus. „Habt ihr das mit dem Schmuck eigentlich schon gebeichtet?“, fragt er. „Wird vielleicht höchste Zeit.“

„Und du?“, fragt Emily spitz. „Hast du deinen Freunden schon gebeichtet, dass du dich hinter ihrem Rückem mit uns getroffen hast?“

Alex wird blass um die Nasenspitze. Das war also ein Volltreffer!

„Wie bitte?“ Johanna hat sich von uns abgewendet. Jetzt funkelt sie Alex böse an. „Du bist echt zur Trauerweide gegangen?“

Alex zuckt nur mit den Schultern.

„Aber wir hatten dich überstimmt!“

„Na und?“

Jule und Basti starren die beiden mit offenen Mündern an. Streit zwischen ihren zwei Chefs kennen sie offenbar nicht. Jule lässt sogar Emilys Lenker los. Das ist der perfekte Moment, um die Kurve zu kratzen.

Wir treten so kräftig in die Pedale wie noch nie. Wir müssen Frieder einholen – unbedingt!

Erst, als wir das Dorf erreichen, entdecken wir ihn. Er steht in seinem gelben CAMPING-FOREVER-Shirt an der einzigen Bushaltestelle und wippt mit den Füßen.

„Und jetzt?“, zische ich. „Der will echt weg hier!“

„Na, was wohl?“, fragt Jakub. „Hinterher!“

„Du willst in die Stadt?“

„Ich will dahin, wo der hinwill! Und wenn es der Mars ist!“

Das nenne ich mal eine eindeutige Ansage. So kommt es, dass wir unsere Räder anschließen und in den Bus nach Kirchheim einsteigen. Und zwar hinten, was übrigens bedeutet, dass wir uns kein Ticket kaufen. Aber nur so können wir sichergehen, dass Frieder, der ganz vorne sitzt, uns nicht bemerkt. Die ganze Fahrt über bin ich supernervös. Endlich kommen wir in Kircheim an! Frieder steigt gleich auf dem Marktplatz aus, also tun wir das auch.

Wegen Frieder? Oder dem fehlenden Ticket?

Wie immer brauche ich einen Moment, um mich im Ort zu orientieren. Hier ist alles total trubelig – ganz anders als am Hollersee. Zugegeben, ich bin ja eigentlich ein Stadtkind. Aber irgendwie gewöhne ich mich immer verdammt schnell an die Ruhe draußen in der Natur. Andersrum geht es nicht so schnell.

Bestimmt warst du in deinem früheren Leben ein Waldkauz.

Jakub reißt mich aus meinen Gedanken.

„Da lang“, kommandiert er und zeigt mit dem Daumen zur Seite. Aus dem Augenwinkel sehe ich, wie Frieder mit federnden Schritten in die Fußgängerzone abbiegt. Wir folgen ihm unauffällig. Ich frage mich, was Frieder vorhat. Da vorne ist die Bankfiliale. Ob er dorthin will? Vielleicht mietet er sich ein Schließfach, um den Schmuck darin zu verstecken? Dann kämen wir definitiv nicht mehr ran. Doch Frieder läuft weiter, an der Bank vorbei. Wäre ja auch echt krass: der erste Dieb, der keinen Tresor ausräubert, sondern ihn mit Diebesgut bestückt. Aber zu dem Zeitpunkt wundert mich nichts mehr.

Mit einer ordentlichen Portion Dynamit schon. :)

Falsch. Etwas wundert mich doch. Nämlich die Tatsache, dass Frieder in dem kleinsten Laden der Straße verschwindet. Wir bleiben in sicherem Abstand davor stehen. Das Geschäft ist ziemlich heruntergekommen. Im Schaufenster thront ein speckiger Sessel, daneben lagert eine schiefe Lampe. Außerdem stehen da jede Menge Kisten mit noch mehr Kleinkram. Auf den ersten Blick kann ich einen silbernen Löffel, eine Mundharmonika, einen Salzstreuer und ein Holzpferdchen erkennen. Alles sieht verstaubt und alt aus. Irgendwie passt das so gar nicht zu Frieder. Es ist mir überhaupt ein Rätsel, was er hier will. Ich meine, Frieder ist im Urlaub! Möbel braucht er garantiert nicht. Und wie ein Krimskrams-Sammler wirkt er auch nicht gerade.

„Was der da wohl kaufen will?", überlege ich laut.

„Nichts“, sagt Jakub. Wortlos deutet er auf das Schild an der Tür. *Antiquitäten,* steht in verblassten Buchstaben darauf und direkt darunter: *An- und Verkauf.* Da geht mir ein Licht auf. Natürlich! Frieder will den Schmuck verscherbeln. Dass ich darauf nicht gekommen bin! Auf einmal schlägt mir das Herz bis zum Hals. Denn das ist er. Der alles entscheidende Moment.

32. Kapitel

Wer hätte gedacht, dass es so einfach sein wird! Eigentlich müssen wir jetzt nur noch abwarten. Abwarten, bis Frieder den Schmuck aus seinem Rucksack kramt. Mit dem Diebesgut in der Hand kann er sein Verbrechen nicht abstreiten. Und das Beste ist: Wir haben sogar eine Zeugin. Nämlich die Frau hinter dem Tresen.

Wir stehen dicht aneinandergedrängt vor dem Laden und linsen durch die Scheibe. Das viele Zeug im Schaufenster gibt uns Deckung, sodass Frieder uns nicht bemerkt.

Am Tresen angekommen, nimmt er seinen Rucksack ab. Die Verkäuferin ihm gegenüber lächelt freundlich. Wie in Zeitlupe zieht Frieder den Reißverschluss auf. Dann greift er in seinen Rucksack und nimmt ein kleines, in Zeitungspapier eingeschlagenes Päckchen heraus. Das kommt auf den Tresen. Frieder macht einen Schritt zur Seite. Jetzt verdeckt er ausgerechnet den Teil des Tresens, auf dem sich alles abspielt. Seine Armbewegungen lassen jedoch darauf schließen, dass er das Päckchen auswickelt. Zeitgleich werden die Augen der Verkäuferin hinter ihren dicken Brillengläsern größer und größer ... und als Frieder innehält, nickt sie entschlossen. Was das bedeutet, ist klar: Ihr gefällt, was sie sieht. Sie will den Schmuck kaufen.

Das ist er also. Der alles entscheidende Moment. Jetzt müssen wir uns ins Spiel bringen. Wir wechseln einen schnellen Blick, holen tief Luft, dann stürmen wir den Laden. Das Problem ist nur: Gleichzeitig passen wir nicht durch die Tür. Emily stolpert über Jakub, ich stolpere über Emily und auf einmal liegen wir alle da, übereinander auf dem Fußabtreter. Wie ein menschliches Sandwich.

„Halt! Stopp!", ruft Emily und schiebt mich von sich. „Der Schmuck ist geklaut!"

Die Verkäuferin blinzelt irritiert. „Wie bitte?"

„Der Schmuck ist geklaut!", ruft Emily. „Das sind Familienerbstücke!"

Die Verkäuferin scheint immer noch nicht ganz verstanden zu haben, was Sache ist. Sonst würde sie jetzt doch irgendetwas tun! Aber sie starrt uns nur an, während wir uns mühsam aufrappeln. Und Frieder? Der lächelt nur. Das bringt mich komplett aus dem Konzept. Wieso zur Hölle lächelt er? Wir haben ihn doch gerade überführt!

„Welcher Schmuck?“, fragt die Verkäuferin an Emily gewandt. „Wovon sprichst du überhaupt?“

Endlich eine Reaktion! Allerdings nicht die, die ich mir erhofft hatte. Ein unschöner Verdacht beschleicht mich: Kann es sein, dass die Frau mit Frieder unter einer Decke steckt? Kauft und verkauft die ganz bewusst geklautes Zeug? Oder warum tut die so blöd? Jedenfalls mache ich da nicht mit.

„Na, welcher Schmuck wohl?“, rufe ich. „Der da vorn –“

Ich breche ab. Eigentlich wollte ich sagen „Der da vorne auf dem Tresen liegt.“ Doch das Problem ist: Auf dem Tresen liegt kein Schmuck. Da liegt ein Fisch.

33. Kapitel

Krass. Hätte ich nicht erkannt.

Es ist ein Karpfen und zwar ein ziemlich toter. Er tut mir leid, wie er da regungslos auf dem Zeitungspapier liegt. Noch mehr bedauere ich in diesem Moment allerdings uns. Denn eines ist klar: Unser Auftritt war ein Reinfall. Wir haben uns total blamiert.

Frieder scheint das Ganze zu gefallen. „Was genau ist das für eine Art Schmuck, wenn ich fragen darf? Kommt der Fisch ans Ohr? Oder wollt ihr ihn euch an einer Kette um den Hals hängen? Sieht bestimmt schick aus. Stinkt nur ein bisschen."

„Sehr witzig", murmelt Emily.

Damit bringt sie das Fass zum Überlaufen.

„Ich finde das hier gar nicht witzig!", motzt die Verkäuferin. „Was bildet ihr euch eigentlich ein? Meinen alten Freund so schlechtzumachen! Ihn grundlos des Diebstahls zu bezichtigen!" Sie deutet zur Tür. „Bitte verlasst meinen Laden."

„Ja, aber bestimmt ist im Rucksack –“

„Sofort!“

Während der Rückfahrt reden Emily, Jakub und ich nur das Nötigste. Die Laune ist uns komplett vergangen. Unsere beste und bislang einzige Chance, den Fall aufzuklären, haben wir vertan. Und das Schlimmste ist: Frieder ist jetzt gewarnt! Er weiß, dass wir ihm auf den Fersen sind. Das erschwert unser weiteres Vorgehen enorm.

Doch dann kommt es noch schlimmer. Als wir auf unsere Räder steigen, fliegt ein Rabe dicht über unsere Köpfe hinweg. Da wundert es mich nicht, dass das Hollercamp, in das wir zurückkehren, nicht das von heute Morgen ist. Es liegt etwas in der Luft. Das spüren wir sofort. Die Leute wuseln aufgeregt zwischen den Zelten hin und her. Sie reden, tuscheln und machen besorgte Gesichter. In meinem Magen beginnt es, unangenehm zu ziehen.

„Was ist denn hier los?“, fragt Emily Eva, die unseren Weg als erstes bekanntes Gesicht kreuzt.

„Das wisst ihr nicht?“, fragt sie zurück. „Hier wurde geklaut. Und zwar im großen Stil.“

„Im großen - was?!“

Eva zuckt mit den Schultern. „Na ja, Sonst wäre wohl kaum die Polente hier.“

Sie deutet zu Bertas Büro. Tatsächlich, dort parkt ein Polizeiauto. Mir wird übel. Denn wer lehnt da an der Beifahrertür und wird von der Polizistin befragt?

Mabel.

Ich kann mir schon denken, was hier passiert ist. Während wir weg waren, haben die fiesen Vier uns verpetzt. Verdammt. Wahrscheinlich stürzt sich gleich die Polizistin auf uns. Doch zu meiner großen Verwunderung können wir unbehelligt weiterziehen. Habe ich mich also geirrt?

Und schließlich erfahren wir, dass nicht nur Mabel beklaut wurde. Sondern auch ein Haufen anderer Leute, die nun hier Schlange stehen, um Anzeige gegen Unbekannt zu erstatten. Mabel hat ihre Schmuckschatulle offenbar erst kontrolliert, weil ein anderer Diebstahl aufgeflogen ist.

„Krass“, murmelt Jakub.

„Oberkrass“, murmelt Emily.

Ich murmle gar nichts. Ich bin voll und ganz darauf konzentriert, nicht ins Gras zu kotzen. Denn eines ist ja wohl klar: Jetzt, wo das alles rausgekommen ist, wird es nur noch eine Frage der Zeit sein. Und dann bin ich geliefert.

34. Kapitel

Am Abend ruft Berta eine Versammlung ein. Da dürfen wir natürlich nicht fehlen. Ich hätte Mabel am liebsten direkt gebeichtet, was wir mit der ganzen Sache zu tun haben. Aber Jakub und Emily haben mich in der Hinsicht überstimmt. Ich glaube, sie wollen sich einfach nicht eingestehen, dass wir das Ding nicht mehr retten können.

Zwei gegen einen, da kann man nichts machen. Als wir über den Platz in Richtung Gemeinschaftsraum latschen, leuchten in vielen Campern schon die ersten Lichter. Das sieht immer besonders toll aus, so gemütlich. Doch heute kann ich mich nicht darüber freuen. Und als wir an Knorkes Wohnwagen vorbeikommen und ich ins Fenster gucke, wird mir auf einmal eiskalt. Genau hier ist die dumme Sache mit dem Griff in Frieders Westentasche passiert. Ob mir das gleich zum Verhängnis wird?

Der Gemeinschaftsraum war noch nie so voll. Wir schaffen es gerade noch so, uns in die letzte Stuhlreihe zu zwängen. Ich zähle schnell durch: Es ist die dreizehnte! Auch das noch. Am liebsten würde ich direkt wieder abhauen. Doch zu spät. Die Tür geht zu und Bighead ergreift das Wort. Offenbar hat er sich in Sachen Schmuckdiebstahl zum Chefermittler ernannt. In dramatischen Worten erzählt er, was bislang geschehen ist. Dass hier ein ambitionierter Langfinger sein Unwesen getrieben hat. Und dass alle Anwesenden dies umgehend zum Anlass nehmen sollen, ihre Wertsachen ebenfalls zu überprüfen. Falls sie es nicht schon getan haben. Außerdem berichtet er, dass die Polizei ihn als „Mann vom Fach“ um Unterstützung gebeten hat.

Da ist er vor Stolz fast geplatzt!

„Das heißt: Wer etwas Verdächtiges gesehen hat, muss sich umgehend bei mir melden!“, verlangt Bighead. „Jedes noch so kleine Detail ist wichtig!“

„Hat Bighead mich gerade angeguckt?“, zische ich Emily zu. „Ich glaube, der hat mich gerade angeguckt!“

Emily schüttelt den Kopf. „Hat er nicht.“

„Doch. Jetzt schon wieder.“

„Leon. Entspann dich.“

Emily hat gut reden! Sie wurde ja nicht dabei erwischt, wie sie was klauen wollte. Bighead erinnert sich bestimmt noch gut an die ganze Szene. Ich an seiner Stelle hätte mich jedenfalls schon längst verhört.

Jakub zupft an meiner Jacke. Ich werfe ihm einen fragenden Blick zu, da macht er eine kleine Nickbewegung in Richtung Frieder. Wie immer sitzt der neben seinem besten Kumpel Knorke. Ich schlucke. Denn Frieder starrt mich durch seine kleinen Brillengläser nun aber wirklich an! Da gibt es nicht den geringsten Zweifel. Und das Krasseste ist: Frieder versucht nicht einmal, es zu verbergen. Der sitzt da und glotzt und grinst. Und als sich unsere Blicke treffen, zwinkert er.

Ich zucke zusammen.

„Frieder hat mir gerade zugezwinkert", flüstere ich.

„Natürlich hat er das", flüstert Emily zurück.

„Wie, natürlich?"

„Na, der will dich einschüchtern."

Damit hat er vollen Erfolg! Ich meine, der braucht doch nur den Mund aufzumachen und mich zu beschuldigen. Und schon bin ich weg vom Fenster. Wie heißt es so schön? Wer einmal klaut, dem glaubt man nicht.

Die Frage ist eigentlich nur, warum er mich noch nicht beschuldigt hat. Jetzt wäre doch eigentlich der perfekte Moment.

Du hast doch gar nicht echt geklaut!

Ich zwinge mich, in die andere Richtung zu gucken. Aber Frieders Augen sind wie ein Magnet, immer wieder zieht er meinen Blick zu sich. Ich fühle mich von Minute zu Minute unwohler und verfluche meine Freunde. Denn eigentlich wollte ich doch reinen Tisch machen! Als Frieder mir das dritte Mal zuzwinkert und dabei auch noch genüsslich mit dem Daumen an seinem Hals langfährt, kann ich nicht mehr.

„Ich!“, rufe ich. „Ich muss was sagen!“

Bighead sieht mich mit großen Augen an. Das tun in dem Moment wahrscheinlich alle.

„Du hast etwas Verdächtiges bemerkt?“, fragt Bighead und betont das „Du“ ganz seltsam. Das bringt mich kurz aus dem Konzept.

„Nein, äh ...“, stammle ich. „Aber ... ich ... äh, habe was Verdächtiges getan. Ich ... also, ich ... wir haben Mabels Schmuck genommen.“

Ein Raunen geht durch den Saal. Unruhe kommt auf, Stühle werden gerückt und Hälse gereckt – alles nur, um einen besseren Blick auf mich zu erhaschen.

Ich tue den Leuten den Gefallen und stehe auf. Jetzt gibt es kein Zurück mehr.

„Wir ... wir wollten den Schmuck nicht behalten“, stelle ich klar. „Und das haben wir auch nicht.“

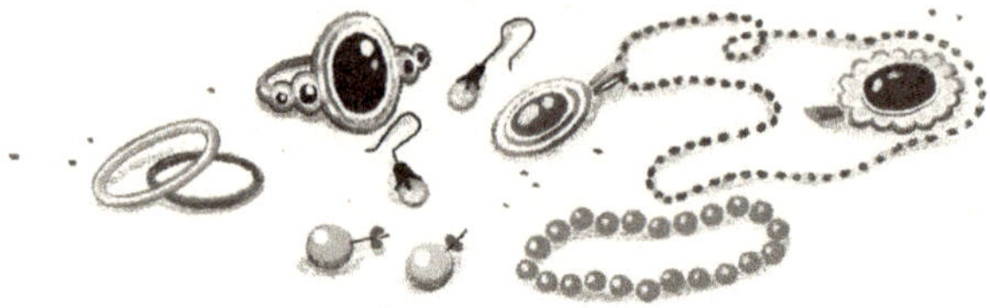

Dann erzähle ich von unserem Plan: Dass wir uns Mabels Schmuck nur ausborgen wollten, um die Schatzsucher an der Nase herumzuführen. Damit sie endlich ihre Sachen packen und von hier verschwinden. Was ja eigentlich auch gut geklappt hat ... bis der Schmuck dann auf einmal weg war. An der Stelle breche ich ab.

Aus dem Augenwinkel sehe ich Mabel. Sie ist ganz blass um die Nasenspitze. Pawel hat den Arm um sie gelegt.

Bevor ich noch etwas sagen kann, platzt es aus meiner Mutter heraus: „Seid ihr total bescheuert?“

War doch eh ne rhetorische Frage.

Zum Glück muss ich darauf nicht antworten. Denn jetzt steht auch Jakub auf.

„Wir wissen, wer den Schmuck gestohlen hat", sagt er. „Frieder!"

Ein Aufschrei geht durch die Menge. Gefolgt von aufgeregtem Gemurmel, das immer lauter wird.

Da steht auch Emily auf. „Wir haben einen Beweis!", ruft sie, um den Lärm zu übertönen.

Bighead sieht ehrlich interessiert aus. „Da bin ich aber mal gespannt", sagt er.

„Frieder hat ein Pflaster am Zeigefinger!", ruft Emily. „Genau wie ich. Er hat sich verletzt, als er unsere Schatzkiste geöffnet hat. Weil der Verschluss klemmt. Mir ist das auch passiert." Sie hält ihre Hand mit dem ausgestreckten Finger hoch in die Luft.

Das ist der Moment, in dem Frieder laut loslacht. „Ein Pflaster?", fragt er. „Wirklich? Dein Beweis ist ein Pflaster? Ja, ich habe ein Pflaster am Finger. Weil ich danebengehauen habe, als ich in Knorkes Wohnmobil Bilder aufgehängt habe."

Für den Bruchteil einer Sekunde herrscht absolute Stille. Niemand rührt sich. Bis auf Knorke, der leicht zusammenzuckt. Dann bricht der ganze Saal in schallendes Gelächter aus.

Ich lache nicht. Denn ich habe das merkwürdige Gefühl, dass hier irgendwas nicht ganz stimmt. Nur weiß ich leider nicht, was. Dafür macht sich langsam aber sicher eine schreckliche Gewissheit in mir breit. Ich habe es gerade vermasselt. Und wie: Niemand glaubt uns! Frieder ist jetzt doppelt gewarnt! Und heftigen Ärger werden wir von unseren Eltern garantiert auch noch kriegen. Verdammt.

und meiner Granny!

Während ich noch in Schockstarre bin, ergreift Berta das Wort. „Jetzt haben wir uns alle genug amüsiert“, sagt sie. „Ihr Kinder verlasst sofort den Saal! Was fällt euch eigentlich ein? Frieder hat mir geholfen wie kein anderer! Hat die Buddellöcher zugeschüttet. Hat im Großmarkt eingekauft. Erst gestern hat er sämtliche Vogelhäuser mit Futter befüllt!“ Sie geht zu Frieder und tätschelt seine Schulter. „Für diesen Mann hier lege ich meine Hand ins Feuer!“

AUTSCH sage ich da nur

Frieder wirft Berta einen dankbaren Blick zu. Das ist das Letzte, was ich sehe. Dann stehen wir auch schon draußen in der kalten Abendluft.

35. Kapitel

Um meine Nerven zu beruhigen, schließe ich für einen Moment die Augen. Ich atme ein paarmal tief durch, wie meine Mutter es immer beim Yoga macht.

Erst als Emily neben mir laut ruft: „Hey, wo willst du denn hin?", schlage ich meine Augen wieder auf. Mir ist gleich klar, dass sie Jakub meint. Der ist nämlich nicht mehr bei uns. Stattdessen düst er im Zickzack über den Platz. Keine Ahnung, was das soll. Emily und ich wechseln einen Blick, dann nehmen wir die Verfolgung auf.

„Hey!", ruft Emily noch einmal. „Warte!"

Doch Jakub bleibt bei seinem Tempo. Er rennt von einem Baum zum nächsten und überall macht er das Gleiche: Er schwingt sich auf den niedrigsten Ast, zieht sich weiter hoch, hält kurz inne und springt wieder ab. Dann geht es auch schon weiter zum nächsten Baum.

„Was ist denn mit dem los?“, keuche ich. Es ist mir wirklich ein Rätsel. „Und warum ist er an dem Baum hier jetzt einfach vorbeigerannt?“

Die Linde vor uns ist optimal zum Klettern – aber Jakub hat nur einen kurzen Blick in Richtung Krone geworfen und ist weitergedüst.

Emily stoppt, um den Baum zu beäugen. Sie runzelt die Stirn und reißt plötzlich die Augen auf. Was das bedeutet, ist klar: Ihr ist ein Licht aufgegangen. Aber mir auch! Im gleichen Moment rufen wir: „Da hängt kein Vogelhäuschen!“

Das ist es! Jakub ist ein Genie. Er hat ganz genau zugehört. Und die wichtigen Informationen von den unwichtigen getrennt. Was hat Berta vorhin gesagt? *Erst gestern hat Frieder sämtliche Vogelhäuser mit Futter befüllt!* Nur mit Futter? Wirklich? Also, ich habe da so meine Zweifel.

An der schiefen Kastanie holen wir Jakub endlich ein. Laut Emily müsste hier das letzte der vielen Vogelhäuschen hängen. Das weiß sie so genau, weil sie die Häuschen im letzten Herbst selbst gebaut hat.

Jakub ist so weit nach oben geklettert, dass wir ihn vom Boden aus nicht sehen können. Die Dämmerung tut ihr Übriges. Doch das Geraschel der Blätter verrät, dass er dort irgendwo zwischen den Ästen steckt.

„Hast du was gefunden?“, rufe ich nach oben.

Jakub antwortet nicht. Aber den Geräuschen nach macht er sich schon wieder auf den Weg nach unten. Gleich ist es so weit! Ob wir Mabel bald ihren Familienschmuck überreichen können? Dann würde die ganze Sache ja doch noch ein gutes Ende nehmen. Ich bin so nervös, dass ich nach Emilys Arm fasse. Sie drückt meine Hand, denn sie ist mindestens so aufgeregt wie ich. Ich will gerade zurückdrücken, da legt sich eine kalte Hand um meinen Nacken. Ich erstarre. Denn es gibt keinen Zweifel, zu wem die Hand gehört. Nur meine Augen können sich noch bewegen, ich schiele zu Emily. Auch sie hat Frieder fest am Kragen gepackt.

„Hört mir gut zu“, zischt er. „Ihr geht jetzt zurück zur Versammlung und sagt, dass ihr vorhin Blödsinn geredet habt! Dass das alles erstunken und erlogen war. Und dann entschuldigt ihr euch bei mir. Vor allen anderen. Verstanden?“

Beim letzten Wort packt er fester zu. Weil ich kaum noch Luft kriege, wage ich nicht einmal zu nicken.

„HABT IHR DAS VERSTANDEN?"

„Niemals", bringt Emily hervor.

Ich werfe ihr einen entsetzten Blick zu. Hat sie nicht geschnallt, dass wir uns gerade im wahrsten Sinne des Wortes in den Fängen eines Obergangsters befinden?

Frieder beginnt vor Wut zu zittern. „Es war nur nett gemeint", faucht er. „Aber wenn ihr nicht kooperiert, geht es natürlich auch anders. Ganz anders."

Suchend schaut Frieder sich um, sein Blick bleibt an einem abgebrochenen Ast hängen. Auf einmal weiß ich, was er vorhat: Er will uns ordentlich was überbraten und dann flüchten. Wenn wir wieder bei Bewusstsein sind, ist er längst auf und davon. Und niemand wird uns glauben. Ohne seinen Griff zu lockern, macht Frieder einen großen Schritt. Er zieht uns mit sich, um an seine Waffe zu kommen. In Erwartung des Schlages schließe ich die Augen. Doch der befürchtete Rums bleibt aus.

Unsere Rettung kommt von oben. Jakub springt vom Baum und landet direkt neben Frieder. Das bringt ihn so aus dem Konzept, dass er uns loslässt.

Schnell mache ich ein paar Schritte rückwärts, um einen gewissen Sicherheitsabstand zwischen mich und Frieder zu bringen. Dabei stolpere ich über ein großes, strubbeliges Etwas.

„Wolf!“, ruft Emily verdutzt. „Was machst du denn hier?“

Der Hund hat seine Angriffshaltung eingenommen, komplett mit aufgestelltem Fell und gefletschten Zähnen. Sein Blick ist starr auf Frieder gerichtet, der beschlossen hat zu flüchten. Mit großen Schritten rennt er über die Wiese davon.

„Meint ihr, Wolf hat gespürt, dass wir in Not sind?“, frage ich.

„Kann gut sein“, sagt Emily. „Jetzt fängt er auf jeden Fall den Gangster.“

Entschieden richtet sie sich auf, streckt den Arm aus, zeigt auf den flüchtenden Frieder und ruft nur ein einziges Wort: „Fass!“

36. Kapitel

Für den Bruchteil einer Sekunde scheint Wolf ernsthaft darüber nachzudenken.

„Fass!“, ruft Emily noch einmal. Doch da hat Wolf sich schon anders entschieden. Er dreht Emily sein Hinterteil zu, trottet zum Stamm der Kastanie und hebt in aller Seelenruhe sein Bein. Wahrscheinlich hat er beschlossen, dass sich der Aufwand nicht lohnt. Meinetwegen soll Frieder gern abhauen. Je früher, desto besser.

Emily, die meine Gedanken zu lesen scheint, sieht mich vorwurfsvoll an.

„Aber was wird dann aus Grannys Schmuck?“

Auch wieder wahr! Den hatte ich vor lauter Aufregung fast vergessen.

„Schmuck? Hat hier jemand Schmuck gesagt?“

Jakub hat ein breites Grinsen im Gesicht. Lässig schiebt er seine Hände in die Hosentaschen und zieht sie voll bepackt wieder heraus. Mir stockt der Atem.

So viel wertvolles Zeug auf einem Haufen habe ich noch nie gesehen. Da ist eine goldene Taschenuhr, ein Ring mit funkelndem Stein, ein Glitzerohrring, eine Kette mit silbernem Anhänger ... wo er all das Zeug wohl her hat?

Nur: Mabels Erbstücke sind leider nicht dabei. Das sieht auch Emily sofort.

„Ich weiß, ich weiß“, sagt Jakub. „Aber ich war ja auch noch nicht auf dem letzten Baum.“ Triumphierend deutet er auf eine Ulme.

Emily lässt den Kopf hängen. „Kannst du dir sparen“, murmelt sie.

Wir sehen sie verständnislos an.

„Aber –“, beginne ich.

„In der Ulme hängt kein Vogelhaus mehr“, erklärt Emily. „Das habe ich zu Beginn der Ferien abgehängt, weil ich das Dach reparieren wollte.“

„Scheiße“, sagt Jakub.

Emily zuckt müde mit den Schultern. „Ich glaube, du wirst jede Menge Leute glücklich machen mit dem ganzen Zeug, das du gefunden hast.“

Das stimmt schon. Nur halt Emilys Oma nicht. Verdammt. Wir waren so nah dran. Jakub sieht immer noch ganz geknickt aus. Dabei war es krass

clever, dass er auf die Idee mit den Vogelhäusern gekommen ist. Und das sage ich ihm auch. Ich mache einen Schritt auf ihn zu, um ihm den Arm über die Schulter zu legen. Im gleichen Moment ist ein lauter Pfiff zu hören. Wolf spitzt die Ohren und springt auf. Schwanzwedelnd rennt er über die Wiese, direkt auf sein Herrchen zu.

Doofes Wort

Klar, wo Wolf ist, kann der Barfüßler natürlich nicht weit sein!

„Hier steckst du also!", ruft er und klopft seinem Hund die Flanke. „Du weißt doch, dass wir auf dem Campingplatz nicht gern gesehen sind."

Klare Untertreibung!

Das kann man wohl sagen. Platzchefin Berta kann den Barfüßler nicht sonderlich gut leiden, weil er öfter mal ihre Mülltonnen durchstöbert.

„Servus, Kinder!" Der Barfüßler stapft weiter auf uns zu und seufzt. „Ich kann mir gar nicht erklären, was in mein Wölfchen gefahren ist. Mitten in unserer Abendrunde rennt er auf einmal los wie von der Wildsau gebissen!"

Meine Vermutung: Wolf hat meinen Angstschweiß gerochen. So durchgeschwitzt wie ich bin, war der bestimmt 50 Kilometer gegen den Wind zu schnuppern. Und dann ist Wolf eben sofort zur Rettung geeilt.

„Ich glaube, Wolf wollte uns helfen", sage ich. „Wir wurden von einem obergemeinen Typen bedroht, der hier alle beklaut hat!"

Der Barfüßler macht große Augen.

„Könnt ihr den obergemeinen Typen mal etwas beschreiben?"

„Kleine Brille. Kleiner Bauch. Stoppelbart. Und eine Jacke, auf der CAMPING-GOTT steht", rattert Jakub herunter.

„Ah, dachte ich mir doch fast." Der Barfüßler nickt zufrieden. „Den habe ich gerade noch gesehen."

„Ja", sagt Emily. „Auf einmal hatte er es ganz eilig."

„Bei dem Tempo ist er bestimmt schon längst über alle Berge", vermute ich.

„Na, das bezweifle ich", sagt der Barfüßler. „Eben saß er noch in einem Loch."

„In einem – was?"

„In einem Loch, genau.“ Der Barfüßler kratzt sich den Bart. „Wenn ich es mir recht überlege: Vielleicht sollte man den Kerl langsam mal rausholen. Sah nicht besonders gemütlich aus.“

37. Kapitel

Frieder hockt in dem ungewöhnlich großen Buddelloch und schäumt vor Wut. Ehrlich gesagt, kann ich das gut nachvollziehen. Da war er so fleißig und hat für Berta jeden Abend die Löcher zugeschüttet und dann fällt er ausgerechnet in das einzige, das er offenbar vergessen hat. Wie er *das* übersehen konnte, ist mir allerdings ein Rätsel. In dem Moment tut er mir fast ein bisschen leid. Emily leuchtet mit ihrer Taschenlampe in die Tiefe.

„Alles o. k. da unten? Hast du dir was gebrochen?"

„Das blendet!", schnauzt Frieder.

„Ich denke, das heißt Nein", meint Emily trocken und stellt ihre Taschenlampe etwas schwächer. Jakub, der mittlerweile sein Handylicht angeschaltet hat,

weil es schon ziemlich dunkel ist, summt fröhlich „Häschen in der Grube“. Was Frieders Laune nicht gerade bessert.

„Wartet nur ab!“, schimpft er los. „Wenn ich erst mal hier draußen bin, werdet ihr schon sehen!“

„Ähm, was genau werden wir dann sehen?“, frage ich.

Zugegeben: Ich bin nur so selbstbewusst, weil klar ist, dass Frieder da ohne Hilfe nicht mehr rauskommt. Helfen werden wir ihm allerdings erst, wenn er Mabels Schmuck rausgerückt hat. So viel steht fest.

Frieder ignoriert meine Nachfrage. „Niemand wird euch glauben“, schimpft er. „NIEMAND! Und dem barfüßigen Rumtreiber da genauso wenig!“

Der Barfüßler lächelt nur, doch Wolf knurrt empört.

„Was wird uns niemand glauben?“, hake ich nach.

„Das hättest du wohl gern!“, ruft Frieder nach oben. „Dass ich jetzt alles zugebe. Vor eurem Freund da!“ Er fuchtelt in Richtung Barfüßler, der es sich im Gras gemütlich gemacht hat.

„Ich dachte, mir glaubt sowieso keiner“, murmelt er.

„Aber mir!“, poltert da eine Stimme. „Mir glaubt man!“

Bighead. Als ich mich umdrehe, blicke ich direkt in die Augen unseres Campingplatz-Polizisten. Was macht der denn hier? Sollte er nicht noch auf der Versammlung sein?

„Blöd nur, dass ich noch gar nichts zugegeben habe!“, ruft Frieder, den die ganze Situation offenbar weniger verwirrt als mich.

„Das ist auch gar nicht nötig“, gibt Bighead gelassen zurück. „Nach allem, was ich bis jetzt mitgekriegt habe, hatten die Kinder eindeutig den richtigen Riecher.“

Vielleicht, denke ich in dem Moment, ist Bighead doch kein so furchtbarer Angeber. Vielleicht hat er ja dazugelernt. Da macht er den Mund wieder auf.

„Ein reiner Glückstreffer, versteht sich.“

Der Barfüßler hüstelt ein leises „Schon klar“ in seine Faust.

Doch Bighead geht nicht darauf ein und setzt noch einen drauf. „Mir war übrigens von Anfang an bewusst, dass Frieder nichts Gutes im Sinn hat“, behauptet er.

Da ist seine Nase einen halben Meter gewachsen!

Wie bitte? Ich bin sprachlos.

Jakub stellt die einzig richtige Frage: „Und warum hast du dann nichts getan?“

Ein bisschen Unterstützung hätten wir zu einem früheren Zeitpunkt wirklich gut gebrauchen können.

Bighead windet sich. Die Frage ist ihm sichtlich unangenehm.

„Hab ich doch!“, verteidigt er sich matt. „Ich habe Frieder verfolgt, als er die Versammlung verlassen hat.“

„Aber du hättest doch viel früher eingreifen können!“, beharrt Jakub.

„Nun, ich ... äh ... ich habe darauf gewartet, dass er sich selbst verrät. In eine Lüge verstrickt. Das tun die meisten Täter irgendwann!“

In dem Moment geht mir ein Licht auf. Und was für eines! Auf einmal weiß ich, was mich vorhin auf der Versammlung so irritiert hat.

„Aber das hat er ja!“, rufe ich aufgeregt. „Er hat sich verraten!“

„Gar nicht!“, donnert es prompt aus dem Loch.

„Wohl!“, gebe ich zurück.

„Stimmt nicht.“

„Und wie das stimmt!"

Willkommen im Kindergarten Hollerhäschen!

So geht es eine Weile hin und her. Bis mir schließlich der Geduldsfaden reißt.

Ich beuge mich über das Loch und rufe: „Du hast vorhin doch gesagt, dass du dir beim Bilderaufhängen in Knorkes Wohnwagen auf den Finger gehauen hast. Richtig?" Es ist eine rhetorische Frage. Denn wir alle wissen, dass er das gesagt hat. Also warte ich auch nicht auf Frieders Antwort. „Tja", spreche ich weiter, „leider hängt bei Knorke an der Wand kein einziges Bild."

„–"

Aus dem Loch kommt Stille. Nichts als Stille. Frieder weiß natürlich, dass ich recht habe. Und was viel wichtiger ist: Ich weiß es auch – weil ich so gern in die erleuchteten Fenster gucke.

Äh. Bei mir und Granny machst du das aber bitte nicht!

Das ist der Wendepunkt. Jetzt muss selbst Frieder einsehen, dass jede weitere Lüge zwecklos ist. Ich glühe vor Stolz, als Emily das Daumen-hoch-Zeichen macht, Jakub mir begeistert auf die Schulter klopft und der Barfüßler beeindruckt nickt.

Und Bighead? Der wirft sich in die Brust und tönt: „Seht ihr! Ich hatte mal wieder recht. Die meisten Täter verstricken sich früher oder später in eine Lüge."

Ich glaube, in dem Moment rollt sogar Wolf mit den Augen.

Doch die Strafe für Bigheads Großkotzigkeit lässt nicht lange auf sich warten: Er bekommt ordentlich eine gepfeffert. Und zwar von Frieder, der fluchend und mit voller Wucht ein kleines Päckchen aus seinem Loch schleudert.

„Autsch“, macht Bighead und reibt sich empört die Birne.

Der Barfüßler grinst. Ihn scheint die ganze Angelegenheit köstlich zu amüsieren. In der Zwischenzeit hat Emily das Päckchen aufgehoben. Es ist in Zeitungspapier gewickelt, was mich an unseren peinlichen Besuch im Antiquitätenladen erinnert. Mit zusammengepressten Lippen wickelt Emily das Päckchen aus. Jakub und ich blicken ihr mindestens genauso angespannt über die Schulter. Bis wir alle drei in Jubel ausbrechen. Denn dieses Mal ist es kein Fisch!

38. Kapitel

Am nächsten Morgen liege ich länger als sonst in meiner Schlafhöhle. Noch ein bisschen Dösen habe ich mir nach der Aufregung von gestern Abend auch wirklich verdient. Mir sind gerade wieder die Augen zugefallen, als es draußen vor dem Camper laut wird. Und laut bleibt. Genervt schlage ich die Augen wieder auf. Da ist ein Motorengeräusch, wie von einem großen Wohnmobil. Allerdings tuckert das nicht wie sonst vorbei. Es scheint direkt vor unserem Stellplatz stehen zu bleiben. Dazu aufgeregte Stimmen. Was ist denn da los?

Ich rolle mich auf den Bauch und schiebe den Vorhang beiseite, um einen Blick nach draußen zu werfen.

„Da ist er!"

Ein langer Finger zeigt auf mich. Erschrocken lasse ich den Vorhang fallen und drehe mich auf den Rücken. *Da ist er!* Ich starre die Decke des Campers an und versuche zu begreifen, was zur Hölle das bedeutet.

Draußen wird das Gemurmel lauter. Jetzt kann ich auch die Stimme meines Vaters ausmachen.

„Bitte!", ruft er. „Lassen Sie den Jungen doch schlafen!"

„Aber er schläft doch gar nicht!"

„Wir haben ihn doch gesehen!"

„Wir brauchen den Beitrag für die 12-Uhr-Nachrichten!"

Moment. Beitrag? Nachrichten? Mich beschleicht ein Verdacht. Ich setze mich so plötzlich auf, dass ich mir den Kopf anschlage. Als ich keine Sternchen mehr sehe, wage ich einen zweiten Anlauf. Vorsichtig linse ich durch den winzig kleinen Spalt im Vorhang hindurch – und dieses Mal bemerkt mich niemand.

Tatsächlich. Dort, direkt vor unserem Camper, parkt der silberne Übertragungswagen. Der Reporter mit dem gezwirbelten Schnauzer ist natürlich auch wieder dabei – samt Kamerafrau, Tonmann und einem Haufen Technik.

Und ... da sind ja auch Jakub und Emily! Im ersten Moment traue ich meinen Augen kaum. Jakub hat sich richtig herausgeputzt. Wo hat er denn bitte das gebügelte Hemd her? Und hat Emily tatsächlich eine saubere Latzhose angezogen? Nur warum verdammt noch mal erfahre ich als Letzter, dass wir ins Fernsehen kommen?

Ich blicke an mir herunter.

In meinem Dino-Schlafanzug kann ich unmöglich da raus. Aber das lässt sich ja ändern ...

Der ist doch voll süß!

So kommt es, dass wir echte Helden werden. Hollerhelden. Als solche bezeichnet uns zumindest der Schnauzbart. Im Interview, bei dem bestimmt zwanzig Leute zuschauen, will er genau wissen, was alles passiert ist – und warum. Woher wir den beeindruckenden Einfall mit der Schatzkiste hatten. Was unsere erste Reaktion war, als wir bemerkt haben, dass der Schmuck weg ist. Und wieso unser Verdacht ausgerechnet auf Frieder gefallen ist. Durch seine Fragen erfahren wir auch eine ganze Menge. Zum Beispiel, dass Frieder ein bekannter Trickbetrüger ist, der schon richtig große Dinger gedreht hat. Dagegen waren die Diebstähle hier bei uns auf dem Platz eigentlich nur eine Fingerübung.

„Dann bleibt mir zum Abschluss eigentlich nur noch eine Frage“, sagt der Schnauzbart lächelnd. „Wie fühlt es sich an, plötzlich berühmt zu sein?“

Berühmt, denke ich. Wir sind doch nicht berühmt. Außerdem ist mir die ganze Aufmerksamkeit irgendwie ein bisschen unangenehm. Vielleicht, weil zum Vollenden unserer Mission ja auch ganz schön viel Glück dazu gehört hat.

Während ich noch überlege, was eine gute Antwort auf so eine blöde Frage ist, schiebt Jakub mir seinen Ellenbogen in die Seite. Er macht eine kleine Nickbewegung in Richtung Zuschauer – und da sehe ich sie auch. Die fiesen Vier. Sie haben sich in die letzte Reihe geschummelt und starren uns an. Alex kaut missmutig auf seiner Unterlippe herum, Johanna hat tiefe Falten auf der Stirn. Und die Zwillinge gucken einfach nur doof wie immer. Aber eines haben sie gemeinsam – sie sind grün vor Neid.

Und ich muss sagen: Das steht ihnen. Das steht ihnen total.

Der Schnauzbart hält mir das Mikrofon unter die Nase. „Na, wie fühlt es sich an?“, fragt er noch einmal.

Und auf einmal weiß ich, was die richtige Antwort ist.

„Gut“, sage ich mit einem überlegenen Lächeln. „Es fühlt sich verdammt gut an.“

(c) Anja Schaffner

Lena Hach

Lena Hach wurde 1982 in Hessen geboren. Sie besuchte eine Schule für Clowns und studierte anschließend Anglistik, Germanistik und Kreatives Schreiben. Sie arbeitete zunächst als Journalistin und widmete sich dann der Kinder- und Jugendliteratur. Inzwischen sind zahlreiche Bücher von Lena Hach bei Mixtvision erschienen. Ihre Bücher wurden bereits vielfach ausgezeichnet, zuletzt mit dem Leipziger Lesekompass 2019 für ihr Jugendbuch „Grüne Gurken“.

Nervenkitzel mit der

New York Times-Bestsellertrilogie

Emily und James nehmen dich mit auf eine spannende Bücherjagd durch San Francisco – voller Rätsel und Abenteuer!

Jennifer Chambliss Bertman

ca. 360 Seiten, € (D) 14,90

ab 10 Jahren

ISBN 978-3-95854-065-1 (Band 1)

ISBN 978-3-95854-120-7 (Band 2)

ISBN 978-3-95854-131-3 (Band 3)

© 2021 Mixtvision Verlag
Leopoldstraße 25, 80802 München
www.mixtvision.de
Alle Rechte vorbehalten.
Cover und Vignetten: Lisa Hänsch
Grafik und Gestaltung: F. v. Wissel, hoop-de-la, Köln
Handlettering: Karla-Jean v. Wissel, Gent
Druck und Bindung: GGP Media GmbH, Pößneck

Mixtvision druckt in Deutschland

FSC www.fsc.org MIX Papier aus verantwortungsvollen Quellen FSC® C014496

ISBN: 978-3-95854-172-6
Auch als E-Book erhältlich